INK INK INK INK INK INK IN
K INK INK INK INK INK INK
INK INK INK INK INK INK IN
K INK INK INK INK INK INK
INK INK INK INK INK INK IN
K INK INK INK INK INK INK
INK INK INK INK INK INK IN
K INK INK INK INK INK INK
INK INK INK INK INK INK IN
K INK INK INK INK INK INK
INK INK INK INK INK INK IN
K INK INK INK INK INK INK
INK INK INK INK INK INK IN
K INK INK INK INK INK INK
INK INK INK INK INK INK IN
K INK INK INK INK INK INK
INK INK INK INK INK INK IN
K INK INK INK INK INK INK
INK INK INK INK INK INK IN
K INK INK INK INK INK INK
INK INK INK INK INK INK IN
K INK INK INK INK INK INK
INK INK INK INK INK INK IN
K INK INK INK INK INK INK
INK INK INK INK INK INK IN
K INK INK INK INK INK INK
INK INK INK INK INK INK IN

INK

INK 文學叢書

019

普世戀歌

宋澤萊◎著

目次

偎靠e愛

風景合往事

風塵世界

無感覺主義

時代e色彩

面相術

神祕三卷經

人間小休睏

好話集

歌謠創作

冊尾謝詞

【序】

放聲吟頌母語詩！

宋澤萊

《普世戀歌》是因應於母語文學運動，我所寫的第二本母語詩集，第一本《一枝煎匙》已在聯合文學出版社出版，目的是給母語文學工作者有基本的讀本可唸。

這本新的詩集重點放在「普世戀歌」「偎靠e愛」這兩輯共十三首詩上，前一輯書寫我二十八、二十九歲左右一場不成功但令人感受良多的戀情，後一輯則是我與我的妻子從認識到結婚的戀愛過程。同時我也寫了「風景合往事」這一輯共四首的詩，是我父母那一代的愛情，用來和我這一代做一比較。

觸發寫情詩的關鍵乃是：《台灣e文藝》的同仁曾在網頁上檢討世界

詩人，包括拜倫、濟慈、徐志摩等人的情詩，咸認浪漫的情詩太過朦朧，作家避重就輕、不顧實際，難以傳達戀愛經驗給下一代的人，因此我們台語詩人相約寫一些「寫實情詩」，一定要照實直寫，不可造假，至今我們寫出許多的好情詩，我的情詩是其中的一部分，也是如今世界上唯一能找到的「寫實情詩」。

這本詩集也因爲以情詩爲主軸，比較追求美感，在寫景及寫人上都較以往的我的詩要美麗許多，同一時間創作的「無感覺主義」「風塵世界」……這些輯子中也可以發現這個特點。對於把詩當成「美麗事務」來看的讀者，一定不要錯過這些詩。

在寫詩的心態上，《普世戀歌》仍然尋求與當前的北京語詩最大的差異，那就是：不依賴片面的感覺，而依賴深思熟慮的智慧；不願語意模糊，而願意清晰；不願太過伸張自我，而寧願無我；希望不只是給讀者「看」，更希望能給讀者大聲地「唸」。在主題上，廢棄當前北京語詩的「死亡」「流徙」「空無」「絕望」，追求我能感受到的「復活」「寧謐」「神祕」

與「盼望」，希望能遠離當前北京語文學的無邊魔境，返回平常的人間。您可以用一種很放鬆的心情來讀這些詩，讀完詩後微笑離去。總之，千萬不要把《普世戀歌》等同北京語詩來看吧！

書裡頭，我仍譯了一份北京語協助您讀好母語，不是要取代，翻譯永遠難以替代原文，最後您仍然要用母語來唸才好。

寫母語詩對我來說是全然愉快的，她帶領我進入溫馨熟悉的語境，彷彿可以聞到兒時村莊炊煙的芳香，我不斷地摸索著那一條藕斷絲連的線索，返回我告別已久的故鄉，這種感覺眞好！

我期望廿一世紀開始的現在，母語文學能慢慢發皇起來，而這本《普世戀歌》能是這個運動中的有用礎石。

最後，我還是要提醒您，當您拿到這本詩集，不僅是靜靜地看她，更要大聲地朗誦給您身邊的每一個人聽！

二〇〇二・三・八

勸世詩

咱要互相偎靠

——予做人未圓滿e人

羽毛偎靠空氣
才會凍飛值空中
金偎靠土
才會凍保存
樹木偎靠日光
才會凍青青
風偎靠曠野
才會凍遠行
我偎靠目珠〔chiul〕
親近萬象

船偎靠港
避開風浪
魚偎靠珊瑚

譯

我們要互相依靠

——給為人未臻圓滿的人

羽翼依靠空氣
乃能飛行空中
金依靠土
乃能保存
樹木依靠日光
乃能青青
風依靠曠野
乃能遠行
我依靠眼睛
親近萬象

船兒依靠港灣
避開風浪
魚兒依靠珊瑚

會凍安全
鳥俚靠樹
會凍做岫〔siu7〕
雲俚靠天
會凍划行
我俚靠歌聲
放捨鬱卒

生俚靠死
才知是生
有俚靠無
才知是有
左俚靠右
才知有左
男俚靠女
才知是男
我俚靠別人

才得安全
鳥兒依靠樹木
乃能築巢
雲兒依靠天空
乃能划行
我依靠歌聲
捨掉憂鬱

生依靠死
方知有生
有依靠無
方知有有
左依靠右
方知有左
男依靠女
方知是男
我依靠別人

認識家己

「我獨來獨往」嘸是事實
你偎靠路
「我永遠孤單」無影無跡
你偎靠地
「前無古人，後無來者」信彩講講
你有父母合後輩

咱無必要逞強
值宇宙中，人真脆弱
咱要互相偎靠

二〇〇一・三・一

認識自我

「我獨來獨往」不是事實
你依靠路
「我永遠孤單」沒這回事
你依靠地
「前無古人，後無來者」隨便說說
你有父母和後代

我們不需逞強
在宇宙中，人很脆弱
我們要互相依靠

二〇〇一・三・一

會凍閃避也眞好

（免費提醒）

白雲閃避流浪
化身為雨
種籽閃避空無
墜落土地
星球閃避混亂
進入軌道
我閃避孤單
進入婚姻

海翁閃避冰河
進入海洋
野獸閃避大火
奔入平原

譯 能夠避免也很好

（免費提醒）

白雲躲避流浪
化身爲雨
種籽躲避空無
墜落泥土
星球躲避混亂
進入軌道
我躲避孤單
走入婚姻

鯨魚躲避冰河
游於海洋
野獸躲避大火
奔於平原

獵鷂閃避被掠
飛上高巖
我閃避嘻譁
進入內心

語言閃避混沌
變成文字
錯誤閃避後悔
趕緊挽回
傷口閃避痛苦
追求治療
我閃避傷心
進入遺忘

你看，位宇宙夠人生
道是一幅閃避圖
斡彎、匿藏、縱身、跳開、高飛
直夠有一日，咱無法度閃避

鷂鷹躲避被捕
飛上高巖
我躲避喧譁
進入內心

語言躲避混沌
變成文字
錯誤躲避後悔
趕緊挽回
傷口躲避疼痛
尋求治療
我躲避傷心
進入遺忘

你瞧，從宇宙到人生
就是一幅躲避的圖畫
轉彎、藏匿、縱身、逃開、高飛
直到有一天，我們無法躲避

就要準備犧牲

二〇〇一・二・十

就得準備犧牲

二〇〇一・二・十

嘸通予「離婚」二字講出嘴

結婚，真簡單
一個新娘，一個新郎
請幾個人開一桌
值一張證書頓〔tng3〕印仔
道完成

所以，離婚嘛真簡單
只要幾個人證明
值協議書閣頓印仔
道結束

千萬嘸通認為婚姻真堅固
伊是紙做e，隨時道會

譯 不許「離婚」二字說出來

結婚，很簡單
一個新娘，一個新郎
請幾位親朋席開一桌
在一張證書上蓋章
就成了

所以，離婚也很簡單
只要幾個人做證
在協議書上蓋章
就結了

千萬不要認爲婚姻固若金湯
它是紙造的，隨時都會

被拆破
好親像一蕊真好看e花
突然，一陣大風大雨
道落土

但是有後果
一旦離婚，有真濟痛苦
兩爿爸母，八蕾目珠〔chiu1〕
會流目屎

生落來e囝仔
會哭

失去e青春
已經無法度挽回

投入家庭e心血

被撕破
就像一朵很好看的花
突然，一陣大風大雨
就落地

可是會有惡果
一旦離婚，有許多痛苦
兩家的父母，四對眼睛
會掉淚

生下來的小孩子
會號啕

失去的青春
已難挽回

投入家庭的心血

付之流水
事業，受影響

因為按呢，拜託
恁要禁絕予「離婚」二字講出嘴
嘸通，未使得，嘸准講起這二字
哪無，閣卡濟擺e結婚
嘛無夠死

恁會凍十日無講話
離家出走一禮拜
但是禁止講離婚
閣卡大e代誌
叫別人慢慢
替恁解決

結婚數十年，翁仔某冤家
是定定有

付之流水
事業，受影響

因此，拜託
你們要禁絕「離婚」二字說出嘴
不可以，使不得，不准說起這二字
否則，再多次的結婚
依然被毀

你們可以十天不說話
離家出走一星期
但是禁止說離婚
再大的事情
請別人慢慢
替你們解決

結婚數十年，夫妻吵架
常常有

前十年卡捷，漸漸會減少
最後真少真少
所謂婚姻e滋味是
愈老愈甜
你要會記

恁最好位結婚頭一日
道約束：
設使天崩地裂，嘛未使講出
「離婚」這二字

原諒我按呢給恁唸經
後擺，我會選擇卡輕鬆e
話題

二〇〇一・二・五

前十年常口角，慢慢會減少
最後很少
所謂婚姻的滋味是
愈老愈甜
你要記好

你們最好從結婚的頭一天
就彼此約束：
即使天崩地裂，也不可以說出
「離婚」這二字

原諒我這般地向你們唸經
下次，我會選擇比較輕鬆的
話題

二〇〇一・二・五

世界嘸是假影

——予虛構論者

你要斟酌
這個世界並嘸是假影

值咱寫e小說內底會凍
安排一場戰爭，予一粒星球
血流成河，死傷遍野
因為小說內e人未哭

咱拍一部電影，會凍
叫紐約大街爆炸，曼哈頓
沉入海底
因為無人損失什麼
社會未混亂

譯

世界不是假象

——給虛構論者

你要小心
這個世界並不是假象

在我們所寫的小說裡可以
安排一場戰爭，讓一顆星球
血流成河，死傷遍野
因爲小說裡的人物不會哭泣

我們拍一部電影，可以
叫紐約大街爆炸，曼哈頓
沉入海底
因爲沒有人損失什麼
社會不會混亂

你會凍講股票市場只是一條
曲線，起起落落
但是值實際e買賣中
只要幾遍大落
你會賣某賣子

你會凍幻想家己予一百枝箭
射通胸坎，猶原面帶笑容
但是值現實上你e踵指未堪得
鑿著一支針

是目屎
予咱分清假影合事實
是痛苦
予咱未凍將事實看作假影

二○○一・一・廿八

你可以說股票市場只是一條
曲線，起起又落落
但在實際的買賣中
只要幾次的大跌
你可能要賣妻鬻子

你可以幻想自己被一百支箭
射穿胸膛，仍然面帶笑容
可是在現實上你的指頭經不起
刺入一根針

是眼淚
叫我們能分清楚假象和現實
是痛苦
叫我們不能將事實看成假象

二○○一・一・廿八

宇宙繼續生長

顯然，這個宇宙猶咧
繼續生長
你看：花並無停止開謝
海洋潮汐照常起落
天猶是靴呢闊
星宿嘛是密稠稠〔chiuh〕

假使說：這個宇宙已經
疲勞死
星圖一定會混亂
太陽系會起變化
空間會縮小
萬物會哭ka1真大聲

譯 宇宙繼續生長

顯然，這個宇宙仍在
繼續生長
你看：花並沒有停止開謝
海洋潮汐照樣起落
天空仍是這麼廣闊
星兒仍然密密麻麻

假如說：這個宇宙已經
疲勞死
星圖一定會混亂
太陽系會起變化
空間會縮小
萬物會號啕大哭

只是人心
嘸肯生長
值日光下製造陰影
值平原中鑿出懸崖
值道路培養荊刺
值搖籃中起造墳墓

顯然，這個地球猶咧
繼續生長
你看：嬰仔並無停止出世
種子照常稃〔pu2〕穎
城市並無減少
公路四通八達

假使講：這個地球已經
疲勞死
人群一定大暴動

只是人心
不肯成長
在日光下製造陰影
在平原上鑿出懸崖
在道路上培養荊棘
在搖籃裡構築墳墓

顯然，這個地球仍在
繼續生長
你看：嬰兒並沒有停止出生
種籽照樣發芽
城市並沒有減少
公路四通八達

假如說：這個地球已經
疲勞死
人群一定大暴動

社會會解體
能源會枯礁
爸母會啼哭早夭e子兒

只是人心
嘸肯生長
拍破所有人e柴碗
走揣一粒金碗
禁止快樂e歌聲
放大刀劍e聲
斬殺一億粒e頭殼
只存一粒頭殼
放捨揭腳道夠e天堂
跳落萬底深坑e地獄

二〇〇一・三・廿

社會將解體
能源會枯竭
父母將痛哭早夭的子女

只是人心
不肯成長
打破所有人的木碗
尋找一個金碗
禁止快樂的歌聲
放大刀劍的聲
斬殺一億顆的頭顱
只剩一顆頭顱
放棄一蹴可及的天堂
跳入萬丈深坑的地獄

二〇〇一・三・廿

開放之道

港口向外開放
千百船隻才會凍
行向銀色e波浪。
樹叢向外開放
千萬花蕊才會凍
生滿樹枝。
藍天向外開放
成群e鳥隻才會凍
飛來飛去。
宇宙向外開放
無數e星宿才會凍
森羅排列。
我開放大門

譯 開放之道

港口向外開放
千百艘船才會
走向銀色波浪。
樹木向外開放
千萬花朵才會
開滿枝葉。
藍天向外開放
成群的鳥兒才會
飛來飛去。
宇宙向外開放
無數的星球才會
森羅排列。
我開放大門

才會凍迎接各地
先知。

窗仔開放
流入新e空氣。
街路開放
引來紅男綠女。
海洋開放
養飼眾魚。
大地開放
野獸奔走。
我開放視野
看著萬千奇蹟。

腐爛之前
代謝待先失常。
戰火之前
交流待先斷絕。

乃能迎接各地
先知。

窗戶開放
流入新鮮空氣。
街道開放
引來紅男綠女。
海洋開放
養育群魚。
大地開放
野獸奔馳。
我開放視野
望見萬千奇蹟。

腐朽之前
代謝先行失調。
戰火之前
交流先行斷絕。

衰弱之前
肉體待先自閉。
瘋狂之前
拒絕現實。

超越形體之外
自存萬種規律之上。
是生死之道
不可不察。
是強弱之道
你要小心。
是治國之道
無第二條路。

二〇〇一・三・一
寫值內政部想禁止小林善紀入境之時

衰弱之前
肉體先行自閉。
瘋狂之前
拒絕現實。

超越形體之外
自存萬種規律之上。
是死生之道
不可不察。
是強弱關鍵
你要小心。
是治國之道
再無他路。

二〇〇一・三・一
寫於內政部想禁止小林善紀入境之時

普世戀歌

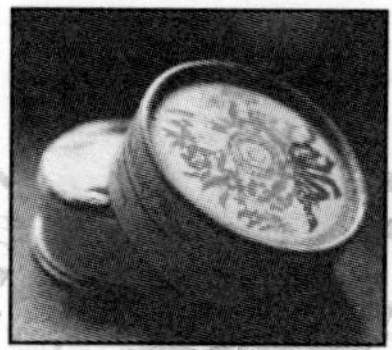

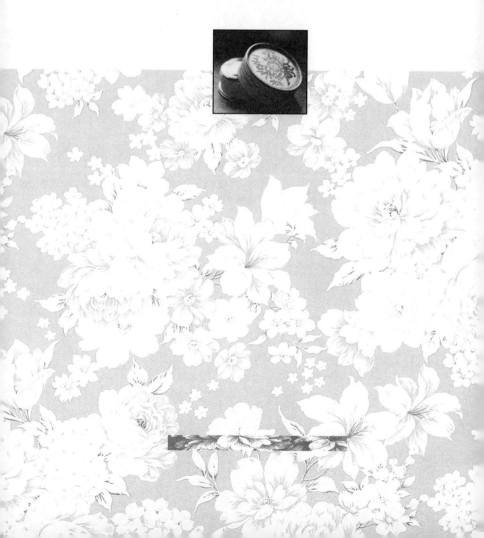

小樓

值彼叢開滿黃色花蕊e
尤加利樹邊e
小樓
我猶會記，黃昏e
歸條街路小巷
無人

日頭西沉
真緊

我去小店為伊
買一盒日本式
烘燒魷魚小丸

譯 小樓

在那棵開滿黃色花朵的
尤加利樹旁的
小樓
我仍記得，黃昏的
整條街道小巷
無人

太陽西沉
很快

我去小店爲她
買一盒日本式
燒烤魷魚丸子

天邊開始浮一粒
黃昏星
我位伊租來e小樓陽台
看出去
確實，彼粒星
金熠熠〔si2〕

我再度迷惑
查某囝仔e房間
是安怎遮呢
美麗清氣
窗邊吊滿綠色e
黃金葛

時間，消失值
一捲巴哈e
教堂音樂

天際開始浮現一顆
黃昏星
我從她租來的小樓陽台
看出去
的確，那顆星
銀光閃亮

我再度迷惑於
女孩子的房間
怎麼會如此
清潔美麗
窗邊吊滿綠色的
黃金葛

時間，消失於
一捲巴哈的
教堂音樂

伊並無勸我走
伊讀伊e冊
我改我e考試單
伊講天已經暗
假使我騎車轉去
嘛已經是夜半

阮互相約束
伊睏眠床
我睏眠床腳

一夜，我睏夠真熟
起來，發覺我e嘴phue2有伊
嘉德麗蘭
e芳

二〇〇一．四．廿

她並沒有催我走
她讀她的書
我批改我的試卷
她說天色已晚
如果我騎車回去
也已經半夜

我們相互約定
她睡床鋪
我睡地板

一夜，我睡得很熟
醒來，發現我的臉頰有她
嘉德麗蘭
的芬芳

二〇〇一．四．廿

向日葵e田園

彷彿，阮攏聽著
教堂e鐘聲
我載伊去做禮拜
伊坐值我藍色e
速克達機車
後壁

伊穿一序柔軟粉紅e洋裝
揭一枝綠色白點e
小雨傘
伊將我攬按〔an5〕
下頦靠值我e肩胛頭
我會凍鼻著伊身軀

譯 向日葵的田園

彷彿，我們都聽到
教堂的鐘聲
我載她去做禮拜
她坐在我的藍色的
速克達機車
後方

她穿一套柔軟粉紅的洋裝
撐一支綠色白點的
小雨傘
她將我抱緊
下巴靠在我的肩頭
我能聞到她身上

浮出來e沐浴了e
芳
莊腳車站
寂寞無人
阮停車，買一束卜
獻予教堂e
花

幹向郊外，是一條
田園小路
放眼一片金色昭開e
向日葵
伊真快樂
我嘛歡喜

伊指向遠方教堂倒爿
一排仿歐e白色建築
講伊合伊e阿姊

散發的沐浴後的
芬芳
鄉下車站
寂寞無人
我們停車，買一束要
獻給教堂的
花

騎向郊外，是一條
田園小路
放眼一片金色俱放的
向日葵
她很快樂
我也歡喜

她指向遠方教堂左邊
一排仿歐的白色建築
說她和她的姊姊

開始投資
伊幻想將來會合一個人
待值一棟清幽e
厝宅

我講希望彼個人
是我

我催緊速克達
行過一片金色e
原野
我猶會記，彼時正是
萬里無雲e六月天

二〇〇一・四・廿

開始投資
她想像將來會和一個人
住在一棟幽雅的
房屋

我說但願那個人
是我

我加快速克達
騎過一片金色的
原野
我仍記得，那時正是
萬里無雲的六月天

二〇〇一・四・廿

普世戀歌

風雨暗暝e光

伊敲電話予我
講假日樓房只存伊
一人
狂風暴雨e半暝
伊驚
需要我
陪伴

我啥麼攏無推辭
起身，拍開租來e厝門
半暝夜雨滿天，拍落小鎮
厝頂，發出一片
嘩嘩叫e聲
我發動機車

譯 風雨夜晚的光

她打電話給我
說假日樓房只剩她
一人
狂風暴雨的午夜
她怕
需要我
陪伴

我毫不遲疑
起程，打開租來的房門
半夜的雨漫天，落在小鎮
屋頂，發出一片
嘩然的聲音
我發動機車

衝入風雨之中
猶有聽見客廳e壁頂
老鐘噹噹噹
發出十二聲

車，向無人e郊外奔走
所有厝、路面、熱帶原野
向烏暗沉落
值茫茫雨幕中，只有人家e
少數燈火，若有若無，親像
沉落真深e
水底

我完全未記得
路程有二點鐘，也未記得
要橫越凶險e
濁水溪

衝入風雨之中
隱約聽到客廳的牆上
老鐘噹噹噹
發出十二響

車，向無人的郊外奔走
所有的屋宇、道路、熱帶原野
向黑暗沉落
在茫茫雨幕中，只見人家的
少數燈火，若隱若現，彷彿
沉浸在深深的
水底

我完全忘記
路程有二個鐘頭，也忘記
要橫越凶險的
濁水溪

雨潑落我e身軀
浸澹雨衣內底e衫
我嘸驚車熄火
拍算，車若熄火
我也卜用雙腳行夠伊所待e
小莊腳

濁水溪擋值頭前
鐵橋正在整修
禁止通行
溪底有一條木板路
通向一千公尺e對岸
溪底e水已經崁住
路頂
為著卜予伊看著我
會凍安然入眠
我崁落帽鏡
衝入大水橫流e

雨潑灑我的全身
浸溼雨衣裡的衣服
我不怕車子熄火
打算，車若熄火
我也要用雙腳走到她所住的
小鄉下

濁水溪擋在前面
鐵橋正在整修
禁止通行
溪底有一條木板路
通向一千公尺的對岸
溪底的水已經淹沒
路面
爲了要讓她看到我
可以安然入眠
我拉下帽鏡
衝入大水橫流的

溪底
茫茫中，啥麼攏看無，腦中
只存伊小樓e
燈光

我以為我騎向一片
大海
但是我看到
對岸
我閣一擺行值柏油大路
繼續值大雨e暗夜中
奔走

我無感覺我是騎對方向
茫茫中，我看著彼棟
尤加利e樓房
伊踦值窗邊

溪底
茫茫中，什麼都看不到，腦中
只剩她小樓的
燈光

我以爲我正騎向一片
大海
但是我看到
對岸
我又一次騎在柏油大路上
繼續在大雨的暗夜中
奔馳

我不覺得我騎對了方向
茫茫中，我看到那棟
尤加利的樓房
她站在窗邊

向我揚手

伊開門，我用痺痺搐e雙手
真實摸著伊烏色e目珠
感覺伊睏衫半裸e金滑身軀
將烏夜照光

二〇〇一・四・廿二

向我招手

她開門，我用顫抖的手
眞實摸到她黑色的眼睛
感到她睡衣半裸的光滑身子
將黑夜照亮

二〇〇一・四・廿二

彼領內黃外紅e外套

阮故意向學校請假
約好值火車站見面
冬天真冷
伊看著我，即刻匿入我
薄薄e大衣
伊將伊e手囥入我e袋仔內
我感覺我e生命
合伊e生命
親像共一條

伊帶我行入市內小巷e
三省堂，講伊卜買一本雜誌
研究日本現此時流行e

譯 那件內黃外紅的外套

我們故意向學校請假
約好在火車站見面
冬天好冷
她看到我，立即躲入我
薄薄的大衣
她將她的手放入我的衣袋裡
我感到我的生命
和她的生命
彷彿同一條

她帶我走入市區小巷的
三省堂，說她要買一本雜誌
研究日本當前流行的

查某囡仔時裝

之後，阮行來公園邊e
金馬電影院，坐值騎樓下面e
小店，飲一杯燒熱e
義大利咖啡

伊穿一領套頭
牛奶色e膨紗衫
圍一條綠色e圍巾
白色e面予風凍成粉紅
烏色目珠對我注視
銀色e耳鉤
閃閃熤熤

我猶會記
七〇年代末期台中公園附近
猶是清清幽幽

女性時裝

之後，我們走到公園旁的
金馬電影院，坐在騎樓下的
小店，喝一杯溫熱的
義大利咖啡

她穿一件套頭
乳白色的毛衣
圍一條綠色的圍巾
臉頰被冬風凍成粉紅
黑眼睛向我注視
銀色的耳環
閃閃爍爍

我仍記得
七〇年代末期台中公園附近
仍然十分幽靜

猶有真濟日本式e
厝宅
巷路板仔厝予煮飯煙薰作
烏烏烏

伊笑，起身，講卜去遠東百貨
買一領衫

值燈光四射e三樓服裝店
伊買一領內黃外紅e
外套
我感覺對伊未免傷大領
伊講這領我合伊
做夥穿

二年內，阮輪流穿一領外套
有時是黃

仍有許多日本式的
房屋
巷子的木板屋被炊煙薰成
烏黑

她笑著，起身，說要到遠東百貨
買一件衣服

在燈光四射的三樓服飾店
她買一件內黃外紅的
外套
我感覺對她而言大了一點兒
她說這一件我和她
共穿

二年內，我們輪流穿一件外套
有時是黃

有時是紅
我佇小市鎮
伊佇小莊腳

二〇〇一・四・廿一

有時是紅
我在小市鎮
她在小鄉下

二〇〇一・四・廿一

剪影

伊來彰化師大受訓
週末，我去市內揣伊
值街仔路，我陪伊
看幾落間時裝店
伊打扮真正樸素
閣再穿起一序大學時代e校服：
黃卡其裙，白色衫
胸口一條銀色e
水晶披鍊
我穿一雙退伍時留落來e軍官皮靴
值路面發出磕磕叫 e聲
七〇年代末期，街路兩爿

譯 剪影

她到彰化師大受訓
週末，我去市區找她
在街道，我陪她
看幾家時裝店
她打扮很樸素
又穿起一襲大學時代的校服：
黃卡其裙，白上衣
胸口一條銀色的
水晶項鍊
我穿一雙退伍時留下來的軍官皮靴
在路面發出叩叩的響聲
七〇年代末期，街道兩旁

e矮厝
寂寞

阮去舊戲院看二齣烏白片
位電影院出來
才感覺熱天e下晡
色彩萬千
伊沉默值劇情e悲哀中
無講話
將我e手掟〔tinn7〕加按按按〔an5〕

伊講卜去八卦山
阮穿越綠色e公園小路
爬向山頂
七月烏色大佛附近e山坡
滿滿是紅葩葩e鳳凰花
蟬叫
響亮

的矮房子
寂寞

我們去老戲院看二齣黑白電影
從電影院走出來
才發覺夏天的午後
色彩萬千
她沉默在劇情的悲哀中
不說話
將我的手捏得很緊

她說要去八卦山
我們穿越綠色的公園小路
爬上山頂
七月黑色大佛附近的山坡
滿是血紅的鳳凰花
蟬鳴
響亮

我詳細向伊解說
這是一個舊戰場
嘸知留落外濟孤兒合寡婦
伊對我做兵時e代誌
真趣味

我詳細給講
熱帶e南部海邊
浮值海中e綠色小島
我講有一日卜取伊去
東港合小琉球
伊笑，真歡喜

值大佛前e廟
伊寬宏大量
允准我抽一支二人e籤
但是伊將籤詩沒收
嘸予我知影籤詩e內容

我詳細解說
這是一個古戰場
不知留下多少的孤兒和寡婦
她對我當兵一事
很感興趣

我詳細告訴她
熱帶的南部海邊
浮在海中的綠色小島
我說有一天要帶她去
東港和小琉球
她笑著，很高興

在大佛前的廟
她寬宏大量
允許我抽一支有關兩人未來的籤
但是她將籤解沒收
不讓我知道籤的內容

阮順柏油大路行落山腳
伊將鞋褪落來，叫我攢〔kuann7〕
值路邊一欉綠葉滿天e苦楝樹腳
有一個賣藝者底做剪影
伊講卜剪一幅做紀念

阮坐落來椅仔頭
鼻拄鼻，目珠拄目珠
我猶會記得
彼幅烏色e剪影
有共一個身軀
親像自小漢道連體e
二個人

二〇〇一・四・廿六

我們順著柏油大路走向山腳下
她將鞋子脫下，要我拿著
在路邊一棵綠葉滿天的苦楝樹下
有一個賣藝的人正在做剪影
她說要剪一幅做紀念

我們坐在椅子上
鼻子對著鼻子，眼睛對著眼睛
我仍記得
那幅黑色的剪影
有同一個身子
彷彿從小就是一對
連體嬰

二〇〇一・四・廿六

秋天e溫暖

我陪伊去台北考試
轉來小莊腳
已經日落黃昏
我猶會記，彼時正在秋割
郊外金黃色e稻穗遍野
值夕陽之下，金爍爍〔siak8〕

秋涼已經來夠
熱帶蓮霧樹e枯葉
飄滿小街路

我一直注意伊是嘸是已經
感冒，想卜去藥房買一罐

譯 秋天的溫暖

我陪她去台北考試
回到小鄉下
已經黃昏
我仍記得，那時正是秋收
郊外的金黃色稻穗遍野
在夕陽之下，一片金黃

秋涼時節已屆
熱帶蓮霧樹的枯葉
飄滿小街道

我一直注意她是否已經
感冒，想去藥房買一瓶

風熱糖漿

伊笑笑，講嘸免，伊牽我e手
行入一間文具店，叫我
選一個銀色e相框

值小市場，阮共吃一碗麵

烏夜真緊道降臨
路途奔波予人
疲勞
值小樓頂，改一寡囝仔e作業簿
洗一個熱水浴
恢復精神e伊
變加真穗
值床頭檯燈下
伊粉黃e一領睏衫
將伊照成一片e
溫柔

風熱糖漿

她微笑，說不用，她挽著我的手
走進一家文具店，要我
選一個銀色的相框

在小市場，我們共吃一碗麵

黑夜很快降臨
旅途的奔波叫人
疲乏
在小樓上，批改一些學生的作業簿
洗了熱水澡
精神恢復後的她
變得很漂亮
在床頭檯燈下
她鵝黃的一件睡袍
將她映成一片的
溫柔

伊去屜內提一張相片
我才發現伊e目箍紅紅
伊講今仔日是伊e媽媽
去世二十二年e忌日
我真驚奇，馬上向伊
會失禮，我講這款日子
應該先給我講
伊掩住我e嘴，叫我
將相片裝入相框
园值床頭

伊轉熄燈光，值烏暗e
眠床頂，伊講伊自三歲道
無媽媽，伊靠著對基督e信仰
來安排伊思親e寂寞
伊對媽媽事實上
無印象

她在抽屜裡拿一張相片
我才發現她的眼眶有淚
她說今天是她的媽媽
去世二十二年的忌日
我很驚訝，馬上向她
道歉，我說這種日子
應該先告訴我
她掩住我的嘴唇，要我
把相片裝入相框
放在床頭

她熄了燈光，在黑暗的
床上，她說從三歲起她就
失去媽媽，她靠著對基督的信仰
來排解她思親的寂聊
事實上她對媽媽
沒有印象

我去牽伊e手，嘸知卜
安怎安慰伊

伊講伊需要我
就是因為我彷佛有
媽媽彼一樣e氣質
伊講我予伊一種
平安合溫暖

烏暗中，我感覺伊e目珠
對我注視，閃閃
熠熠

我閣再一擺聽著尤加利樹
予秋風掃過e聲
伊翻身，將我置咧
值一陣柔軟合香味中
我意亂情迷

我去挽她的手，不知道要
怎麼安慰她

她說她需要我
就是因爲我彷佛有
母親一樣的氣質
她說我給了她一種
平安和溫暖

黑暗中，我感到她的眼睛
注視我，閃閃
爍爍

我又一次聽到尤加利樹
被秋風拂動的聲音
她翻個身子，將我壓住
在一陣柔軟和芬芳中
我意亂情迷

56

將伊大力
攬按〔an5〕

二〇〇一・四・廿六

57

將她用力
抱緊

二〇〇一・四・廿六

偎靠e愛

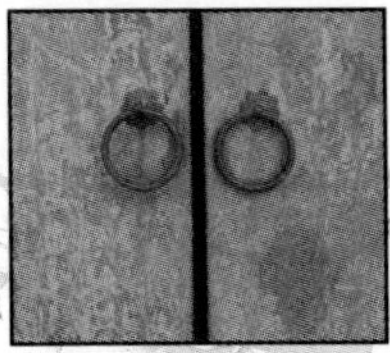

雨季e窗邊草

我接待一位由家屬陪伴而來e
遠方人客
伊歸身軀予油
淋著，面容一半
被燬

伊詳細詢問
佛陀教義
我講：佛祖認為
肉體道是災難
就是身體健康e人
嘛共款
假使伊認為面容歹看
是痛苦，按呢道是值痛苦

譯

雨季的窗邊草

我接待一位由家屬陪伴而來的
遠方客人
他全身被油
淋過，臉龐一半
被毀

他詳細問我
佛陀教義
我說：佛祖認爲
肉體就是災難
即使是身體健康的人
也一樣
假如他認爲面貌難看
是一種痛苦，那麼就是在痛苦

之上閣故意加上痛苦
我強調：人生在世
快樂無濟，咱何必
自增痛苦？

我泡一壺桂圓茶
請這個家屬
雨季e青草值室內e
窗邊，向日頭光
探頭

伊詳細詢問我e冊
卜佗位買
我送伊一冊《禪e體驗》
並且提醒伊講：
看我e冊無一定有效
因為家己e心才是

之上又故意加上痛苦
我強調：人生在世
快樂不多，我們又何必
自增痛苦？

我泡了一壺桂圓茶
請這位訪客和他的家屬
雨季的綠草在室內的
窗邊，向日光
伸展

他詳細問我的書
要哪兒買
我送他一本《禪的體驗》
並且提醒他：
看我的書不一定有用
因爲自己的心才是

家己e主宰
伊笑，真歡喜

送走這個家屬之後
有二個師專e學生
行入來
殷值我清靜簡單e室內
合我講話

其中有一個女學生
有矮矮結實e身材
銀鈴彼一樣清脆e
聲音
我驚奇伊對我冊內e禪意
有理解
也驚奇伊青春年少e面容
有一層薄薄e草黃色

自己的主宰
他微笑，很歡喜

送走這個人和家屬之後
有二位師專的學生
走進來
他們在我清淨的室內
和我談話

其中有一位女學生
有著矮小結實的身子
銀鈴一般清脆的
聲音
我驚訝她對我書裡的禪意
能瞭解
也驚訝她年少的容顏
有一層薄薄的草黃色

伊講卜請我去師專
演講
我講：
好！

想未夠，四年後
這個查某囝仔會走入
我e生命

彼時是一九八三年
值一場情變了後
我慢慢遁入
空門

二〇〇一・五・四

她說要請我去師專
演講
我說：
好！

想不到，四年之後
這位年輕的女孩子會走入
我的生命

那是一九八三年
在一場情變之後
我逐漸遁入
空門

二〇〇一・五・四

身世

彼時，我已經搬入小市鎮
一間長長隘隘e樓仔厝
我e房間只有修行用e物件：
一張靜坐e矮桌仔
一張轉踅e椅仔
一塊瘦薄e膨床
一塊蒲團

我隔壁待一位拒絕婚姻e
單身老師
伊是佛拉門哥合古典吉他e
高手，時常將伊用二萬箍
買來e吉他，彈成一片
千軍萬馬，有時激動

譯 身世

那時，我已搬到小市鎮
一間狹長的樓房住
我的房間只有修行用的東西：
一張靜坐的矮桌子
一張旋轉靠背椅子
一塊瘦薄的彈簧床
一塊蒲團

我隔壁住了一位拒絕婚姻的
單身老師
他是佛拉門哥和古典吉他的
高手，常將他以二萬元
買來的吉他，彈成一片
千軍萬馬，有時激動

有時哀傷

我除了定定去後埕 e小花園
看花草生長之外
平時就是禪坐
靈魂內底有一片金色e幻影
將我提昇向無限e
空靈世界

不知不覺，我e生命
流轉值樂聲合影色之中

彼個查某囝仔講好卜來揣我
學校拄好無課
我騎藍色e速克達轉來
伊已經坐值我e室內
猶原是小女生e打扮：

有時哀傷

我除了常到後院的小花園
看花草生長以外
平時就是禪坐
靈魂裡有一片金色幻影
把我提昇向無限的
空靈世界

不知不覺，我的生命
流轉在樂音和影色之中

那個女孩子說好要來找我
學校恰好沒課
我騎了藍色的速克達回來
她已經坐在我的室內
仍是小女生的打扮：

一領短黃衫
一領薄絨仔褲

我泡茶請伊
伊猶原用真好聽e聲問
禪e平等觀
我講值禪e世界內底
一粒沙等於一粒山
一滴水等於一個大海
是體驗，嘸只是觀念

伊感覺真有趣味
後來伊講著我寫e小說內底
一寡命運無好e人物
伊講伊八歲道無媽媽

我驚一下，感覺我這世人
遇著太濟悲哀身世e朋友

一件黃短上衣
一件薄的絨毛褲

我泡茶請她
她仍用很悅耳的聲音問我
禪的平等觀
我說在禪的世界裡
一粒沙等於一座山
一滴水等於一個大海
是體驗，不只是觀念

她感到興味
後來談及我寫的小說裡
一些命運不佳的人物
她說她八歲就失去母親

我嚇一跳，深感我的一生
遇到太多悲哀身世的朋友

嘸閣，我嘸敢給伊講我卡早
嘛認識三個無媽媽e查某囝仔：
二個是大學時代；另外一個是
二年前合我分開，差一絲仔
道結婚e女朋友

伊繼續講學校無合理e管教
以及橫霸e教官制度
我普普了解：
師專確實有必要改進

我送伊去車站，閣轉來室內
隔壁老師e佛拉門哥吉他彈加
pin7pin1　piang2piang3
正是一條西班牙小地方e
祭典音樂

二〇〇一・五・五

不過，我不敢向她吐露早前我
也認識了三個失去母親的女孩子：
二個是大學時代；另一個是
二年前和我分開，差一點
就結婚的女朋友

她繼續談及學校不合理的管教
以及蠻橫的教官制度
我略微瞭解：
師專的確必須改進

我送她去車站，又回來室內
隔壁老師的佛拉門哥吉他彈得
十分熱鬧
正是一首西班牙小地方的
祭典音樂

二〇〇一・五・五

反抗e青春

熱天原野
真穗〔sui2〕
我時常值校園四樓e
厝頂，遠看四周圍e
番麥田合蘆筍田
草葉e世界隨風浮沉
值日光之下
發出一波一波
深藍色e光

值寂靜e音樂教室
我copy一捲豎〔su3〕琴音樂
予一位女作家
寄出去e淺藍色e批

譯 反抗的青春

夏天原野
很美
我時常在校園四樓的
屋頂，眺望四周的
玉米田和蘆筍田
草葉的世界隨風浮沉
在日光之下
發出一波波
深藍色的光

在寂靜的音樂教室
我拷貝一捲豎琴音樂
給一位女作家
寄出的淺藍色的信

特別提醒：
豎琴 e 聲是溺〔1ek4〕水 e 聲

傳達室有我 e 電話
我接著彼個師專女學生
厝呢 e 消息，講伊
已經幾落日無去
學校上課

放學時，伊果然閣來
小鎮揣我
我陪伊值鎮街
散步
後來，轉來我樓腳 e
厝內

黃昏，我厝後彼叢懸齊三樓 e

特別提醒：
豎琴的聲音是溺水之聲

傳達室有我的電話
我接到那個師專女學生
家屬的來電，說她
已經好幾天沒去
學校上課

放學時，她果然又來
小鎮找我
我陪她在鎮街
散步
後來，回到我樓下的
房子

黃昏，屋後那棵高齊三樓的

榕仔樹歇滿歸巢e
鳥隻
我勸伊轉去學校上課，因為
一個人獨力對抗教育制度
非常困難，何況對手
是戒嚴法是法西斯
是刣人放火e國民黨
我勸伊要忍耐
伊恬恬無講話
最後頓頭表示：
好！

當小鎮夜晚e路燈灼起來e時
我送伊去車頭坐車
伊閣轉去學校

我知影我已經是伊反抗e
青春時期唯一e倀靠

榕樹滿是歸巢的
鳥兒
我勸她回去學校上課，因爲
一個人獨力對抗教育制度
非常困難，何況對手
是戒嚴法是法西斯
是殺人放火的國民黨
我勸她要忍耐
她沉默不說話
最後點頭說：
好！

當小鎮夜晚的路燈亮起來的時候
我送她去車站搭車
回學校

我知道我已經是她反抗的
青春期唯一的依靠

但是，我無願意超越
一定e感情界線
我稱呼伊是
小姐
阿伊稱呼我是
老師

二〇〇一．五．十二

但是，我不願超越
一定的感情界線
我總是稱呼她
小姐
而她稱呼我
老師

二〇〇一．五．十二

我失去伊e消息

彼時，我靜坐情形大好
靈魂突破黑暗天地
上升夠金黃色e
北斗七星之間
我e魂魄奔過死亡e通道
走入萬花閃熠e
千山萬谷之中

彼時，小鎮雨水也特別濟
我猶會記
一樓後埕e花草
比往年閣卡青
一個真穗〔sui2〕e護士小姐位台南
專程來揣我隔壁e

譯 我失去她的消息

那時，我靜坐的情況大好
靈魂突破黑暗天地
上升到金黃色的
北斗七星之間
我的魂魄奔過死亡的通道
走入眾花閃爍的
千山萬谷之中

那時，小鎮雨水也特別多
我仍記得
一樓後院的花草
比往年更加青綠
一個很美的護士小姐從台南
專程來找我隔壁的

單身老師
無外久以前，入院e伊
合這位護士有
一段情

我敲電話去通知伊
叫伊轉來一下
伊表示這場感情已經、確實、全然結束
堅決無卜繼續

護士一直哭，目屎滴澹伊一套
好看、新式、水綠e洋裝

我感覺這種亂碼、起痟、狡怪e
愛情，真歹理解

也嘸知閣陪師專e查某囝仔

單身老師
不久以前，入院的他
和這位護士有
一段情

我打電話去通知他
叫他回來一下
他表示這場感情已經、確實、全然結束
堅決不願再續

護士一直哭，眼淚沾溼她那套
好看、新式、水綠的洋裝

我感覺這種亂碼、瘋狂、奇怪的
愛情，很難理解

也不知道又陪師專的女孩

講外濟話、度外濟時間
伊慢慢大漢
閣卡會凍面對環境
之後，有一年以上e時間
我失去伊e消息

彼年是一九八五年，美麗島事件後
e第五年，知識分子想卜偃倒
國民黨e人愈來愈濟。同時，有一個
危機吸引我所有e注意力，道是
國民黨準備卜值海岸起造二十座
核能發電廠，我無法度忍耐
著手開始寫一本叫作
《廢墟台灣》e小說

二〇〇一・五・十九

說多少話，度過多少時間
她逐漸長大
更能面對環境
之後，有一年以上的時間
我失去她的消息

那年是一九八五，美麗島事件後
的第五年，知識分子想打倒
國民黨的人愈來愈多。同時，有一個
危機吸引我所有的注意力，就是
國民黨準備在海岸蓋二十座
核能發電廠，我無法忍耐
著手開始寫一本叫作
《廢墟台灣》的小說

二〇〇一・五・十九

伊畢業

搬夠媽祖廟邊一間空厝待
是一九八六年e秋天

彼時，我時常進入南投山區
值寂靜e禪院打坐
或者是放身長睏
直夠山呢e鳥隻合日光
將我喊醒

一陣非常深刻e空無體驗
降臨我e身軀
將我e肉體抽象化
五官四肢軀殼彷彿

譯 她畢業

搬到媽祖廟邊的一間空屋住
是一九八六年的秋天

那時，我時常進入南投山區
在寂靜的禪院打坐
或者是放身長睡
直到山裡的鳥兒和日光
將我叫醒

一陣非常深刻的空無體驗
降臨我的身上
將我的肉體抽象化
五官四肢軀殼彷彿

不存在
我發覺我e生存
假那一陣通光e風
我聽見我e生命一點一滴
滴落宇宙空殼內e聲
答答答！

伊予我一張批，講伊
已經畢業，卜來看我
果然，伊來，穿一領紫色裙
紅格短衫，淡抹胭脂
草黃e面色不再，黑色e目珠
閃閃熠熠
我差一絲仔道認未出來
突然間，我感覺時間e無情
伊已經是一個美麗e老師
阿我已經加真濟歲

不存在
我發覺我的生存
宛如一陣透明的風
我聽見生命一點一滴
滴落宇宙空殼內的聲音
答答答！

她給我一封信，說她
已經畢業，要來看我
果然，她來了，穿一件紫色裙
紅格子上衣，淡抹胭脂
草黃的顏容不再，黑色的眼睛
閃閃爍爍
我幾乎認不出是她
突然間，我感到時間的無情
她已經是一位美麗的老師
我卻已經多了幾歲

我煮飯請伊吃中晝
值廚房，伊講起伊對《廢墟台灣》e
看法
並無排斥我激進e政治態度
值吃飯e時，我自問敢猶有
啥麼物件通好予伊？
阿阮之間敢猶有啥麼通好
互相倚靠？

二〇〇一·五·廿二

我煮飯請她吃中餐
在廚房，她談起她對《廢墟台灣》的
看法
並不排斥我激進的政治態度
在吃飯時，我自問還有
什麼東西可以給她？
我們之間還有什麼可以
彼此依靠？

二〇〇一·五·廿二

海口小學

一九八七年早春
我合伊手牽手
行向大肚溪e出海口
後壁綴〔tue3〕一陣囝仔
值大海前e溪岸頂
阮坐落來
位遮看正手爿e海岸
台中港落值
真遠e所在

野花值春寒中
開始探頭
一、二蕊值草埔中
燿燿熠熠

譯 海口小學

一九八七年早春
我和她手牽手
走向大肚溪的出海口
後面跟著一群小學生
在大海前的溪岸上
我們坐下來
從這裡看右手邊的海岸
台中港坐落在
很遠的地方

野花在春寒中
開始展顏
一、二朵在草坡上
閃閃爍爍

換我定定夠伊任教e學校
來揣伊
這是一個真偏僻e
海口小學
寂寞e莊腳海埔有
寂寞e風景

幾咯日前，我值鳳凰花樹腳
已經向伊坦白
我講這回我來揣伊嘸是卜
合伊談戀愛
是卜偎靠伊，將我救出
單身e世界
我想卜結婚

伊笑笑，並無驚奇
也無拒絕

換了我常常到她任教的學校
找她
這是一個十分偏僻的
海口小學
寂寞的鄉下海邊有
寂寞的風景

幾天之前，我在鳳凰花的樹下
已經向她坦白
我說這次我來找她不是爲了
和她談戀愛
是來依靠她，將我救出
單身的世界
我想結婚

她微笑，並沒有驚訝
也沒有拒絕

假那早到知影這是
必然e結果

值溪岸頂，阮講笑話
歡喜中，伊報我看
海面
彼時，我看著一台非常大台e
白色商船，值遠遠e藍色海面
無聲無說
駛過

二〇〇一・五・廿四

彷彿早就知道這是
必然的結果

在溪岸上，我們談笑
喜悅中，她叫我看
海面
那時，我看到一艘非常巨大的
白色商船，在遙遠的藍色海上
無聲無息
駛過

二〇〇一・五・廿四

再會農禪寺

一個非常少年e尼姑
開始做暗頓前e
布施儀式
這是一九八七年初春時節
阮同齊來夠北部e農禪寺
接受禪e訓練

農禪寺靜靜起造值一個
小小e莊頭內底
除了一個主殿以外，道是
矮矮e平房，有七里香e
小路合花園
寺邊一塊田，出家人戴幗笠

譯 再會農禪寺

一個非常年輕的尼姑
開始做晚餐前的
布施儀式
這是初春時節
我們一齊來到北部的農禪寺
接受禪的訓練

農禪寺靜靜坐落在一個
小小的村莊裡頭
除了一個主殿以外，就是
矮矮的平房，有七里香的
小路和花園
寺旁一塊田，出家人戴笠子

正在田呢認真種菜
綠色e菜葉一壟一壟
真穗〔sui2〕

我e師父聖嚴法師（一個接受
日本禪院教育e修行者）已經
有老款，但是禪e手段合戒律
猶是靴呢嚴格、有效

阮一日靜坐八點鐘以上

「匱乏教育」是禪訓練e一部分
落實值三頓頂頭
七年前我第一遍來農禪寺學禪
彼時，三頓攏是吃糜，配一碟仔
頭毛菜合一塊鹹豆乳
根本道無物件通吃

正在田裡認眞種菜
綠色的蔬菜一畦一畦
很美

我的師父聖嚴法師（一個接受
日本禪院教育的修行者）已經
有老態，但是禪的手段和戒律
仍是那麼嚴格、有效

我們一日打坐八個鐘頭以上

「匱乏教育」是禪訓練的一部分
落實在三餐上頭
七年前我第一次到農禪寺習禪
那時，三餐都吃稀飯，佐一碟子
髮菜和一塊鹹豆腐乳
根本就吃不到什麼東西

這回有卡好，但是加強
布施e儀式

這個尼姑，身穿海青，剃光頭毛
手捧一缽白飯，來往大殿合食堂
之間，伊卜將只存e食物布施給
十方餓鬼。伊一遍閣一遍，嘴念經文
拜倒值食堂前坎坷e紅毛土埕
伊翩翩薄瘦e身影飛舞，親像一隻
秋分墜地e絕命蝴蝶，死亡之前猶卜
將家己薄哩絲e生命也布施出去
伊拜倒、伏地、踦起、轉身
又閣拜倒、伏地、踦起、轉身
足足二十分鐘

我看著食堂之內，有人偷偷拭目屎
伊也大大驚奇，講想未夠佛教e

這次較好，只是加強
布施的儀式

這個尼姑，身著海青，剃光頭髮
手持一缽白飯，來往大殿和食堂
之間，她要將僅剩的食物布施給
十方餓鬼。她一次又一次，嘴裡唸著經文
拜倒在食堂前粗糙的水泥地
她翩翩單薄的身子飛舞，彷彿一只
秋分墜地的絕命蝴蝶，死亡之前仍想
將自己薄弱的生命也布施出去
她拜倒、伏地、站立、轉身
又拜倒、伏地、站立、轉身
足足二十分鐘

我看著食堂之前，有人偷偷拭淚
她也大大驚奇，想不到佛教的

布施儀式遮呢偉大，人已經無外濟
通吃，猶會憐憫十方餓鬼，實在
令人感動。我向伊解釋講：佛教e基礎
是慈悲，其實禪e實意真簡單，
眼前這個尼姑e表現，道是禪！

但是，就在彼時，我知影
告別禪e時候已經夠
無法度閃避

無論我外愛慈悲e世界
外愛出家e滋味
我總是要告別
眼前e一切
四月，阮道卜結婚
我要面對家庭e現實
同時，我合一群朋友值一九八六年辦一份
叫作《台灣新文化》e刊物

布施儀式這麼偉大，人已經沒有多少
可吃之物，仍然會憐憫十方餓鬼，實在
令人感動。我向她解釋：佛教的基礎
是慈悲，其實禪的實意很簡單，
眼前這個尼姑的表現，就是禪！

但是，就在那時，我知道
告別禪的時候到了
無法閃避

無論我多麼喜愛慈悲的世界
多麼嚮往出家的滋味
我總要告別
眼前的一切
四月，我們就要結婚
我必須面對家庭的現實
同時，我和一群朋友在一九八六年辦一份
叫作《台灣新文化》的刊物

阮冒著被國民黨以台獨罪名
起訴e危險，為台灣揭起
一面本土文化e
戰鬥旗

二〇〇一・五・廿八

我們冒著被國民黨以台獨罪名
起訴的危險，爲台灣揭起
一面本土文化的
戰鬥旗

二〇〇一・五・廿八

風景合往事

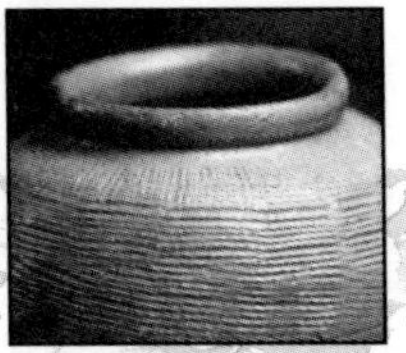

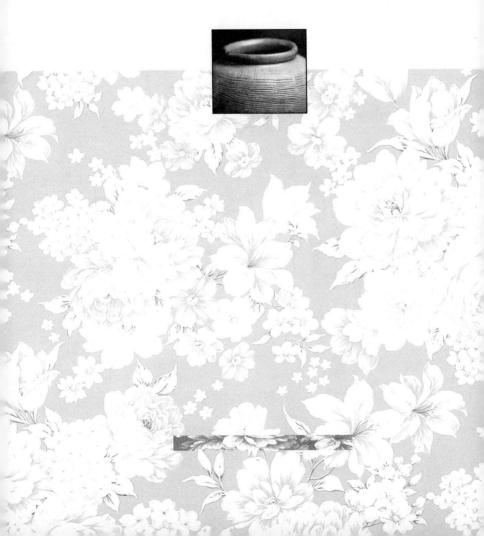

水上煙

自碧綠色e河水中
浮升
一層薄薄e白煙
將熱天e河邊
染色

午時e日頭下
所有e油麻仔菜
攏開花囉
黃錦錦〔gim3〕，值風中壓下〔ann2ke7〕
殷e身軀
猶有蜜蜂飛值
甜味甜味e
空氣中

譯 水上煙

自碧綠色的河水中
浮升
一層薄薄的白煙
將夏天的河邊
染色

午時的太陽下
所有的油麻菜
都開了花
一片錦黃，在風中彎下
它們的身子
還有蜜蜂飛在
甜味的
空氣中

遐〔he1〕是伊失去e十三歲風景

伊猶會記
媽媽合伊行值風景中去割
蕃薯葉
彼時，因為爸爸外面有查某
媽媽一面行一面
擦目屎

二〇〇一・六・廿四

這是他失去的十三歲風景

他仍記得
媽媽和他走在風景中去割
蕃薯葉
那時，因爲爸爸外頭有女人
媽媽一面走一面
擦眼淚

二〇〇一・六・廿四

小鎮e鳳凰花

彼時是熱天，西螺小鎮街路e
草木發加真旺盛
記憶中，布店前e幾欉鳳凰花
攏開啊
紅葩葩

蟬聲像一陣一陣e流水
流滿小鎮，浸澹布店四周
彼幾落仿歐e
日本建築

中晝，爸爸用鐵馬載伊夠布店
看彼個無嫁e阿姨
阿姨將伊攬咧

譯 小鎮的鳳凰花

那時是夏天，西螺小鎮街道的
草木十分茂盛
記憶中，布店前面的幾棵鳳凰花
都開了
一片紅艷

蟬聲彷彿一陣陣的流水
溢滿小鎮，浸濕了布店四周
那幾棟仿歐的
日本建築

中午，爸爸騎腳踏車載他到布店
看那位沒有結婚的阿姨
阿姨攬著他

合爸爸講話

爸爸穿白色e衫、白色e褲、白色e皮鞋
實在緣投
阿姨穿翠綠一套洋裝，梳懸一粒
插簪e烏頭鬃

殷用日本話講代誌
伊聽無
嘸閣阿姨輕聲細說e日本話
確實好聽

下晡，爸爸載伊離開小鎮
阿姨孤單踦值鳳凰花腳
向殷揚〔et8〕手告別
彷彿之間，伊感覺伊e身軀
猶有阿姨抹粉e芳味

和爸爸談話

爸爸穿白色襯衫、白色長褲、白色皮鞋
的確瀟洒
阿姨穿翠綠洋裝，梳高
插簪的黑髮髻

他們使用日語談話
他聽不懂
不過阿姨輕聲細語的日本話
確實好聽

下午，爸爸載他離開小鎮
阿姨孤單站在鳳凰樹下
向他們揮手告別
彷彿之間，他感到他的身上
仍有阿姨抹粉的香味

這是伊八歲時e往事
後來，伊聽講，彼個阿姨
是爸爸娶媽媽晉前e情人
因為好額e女方家庭反對殷e婚事
殷遂失去結婚
e機會

二〇〇一・六・廿四

這是他八歲時的往事
後來，他聽說，那個阿姨
是爸爸娶了媽媽之前的情人
因爲富有的女方家庭反對他們的婚事
他們失去了結婚
的機會

二〇〇一・六・廿四

有觀音竹e山景

爸爸用otoobai載伊夠竹山彼罩e山邊
值滿山觀音竹合苦楝樹
e風景中，殷
休睏值路邊

爸爸坐值大石頭頂面
用手巾仔拭汗
熱天e風輕輕掃過竹尾
發出竹欉搖動e聲
綠色e陰影值山野
一罩一罩

爸爸小聲講起

譯 有觀音竹子的山景

爸爸用摩托車載他到竹山一帶
在滿是觀音竹子和苦楝樹
的風景中，他們
休息在路邊

爸爸坐在大石頭上
用手帕拭汗
夏日的風輕輕掃過竹林末梢
發出竹叢的搖曳聲
綠色的蔭影在山野
一處又一處

爸爸輕輕地說

想卜值這個山邊
買一塊地，合另外一個查某人
建立一個新家庭
嘸知做大漢子e伊
有啥麼看法

伊頭一擺非常認真
看爸爸e面，假那底含〔ham3〕
失去現實感e人談判
伊也小聲講：
「嘸管安怎，我是踦值
媽媽這爿，無可能同情你，
假使你放捨媽媽，
也就是連阮四個兄弟姊妹
攏同齊放捨，你e損失真大，
你要想予清楚！」
爸爸聽了，苦笑

想在這個山邊
買一塊地，和另外一個女人
建立一個新家庭
不知道作爲大兒子的他
有什麼看法

他第一次非常認眞
看爸爸的臉，彷彿和
失去現實感的人談判
他也低聲地說：
「不管如何，我是站在
媽媽這邊，不可能同情你，
假若你放棄媽媽，
也就連同我們四個兄弟姊妹
都放棄，你的損失很大，
你要先想清楚！」
爸爸聽了，苦笑

去牽伊流汗、受氣、堅強但是
皮皮搐e手

這是伊十五歲e代誌
正當伊考入高中e
彼個熱天
長期e家庭風暴使伊比
別個囝仔卡
成熟

二〇〇一・六・廿五

拉著他流汗、生氣、堅強但是
顫抖的手

這是他十五歲的事
正當他考入高中的
那個夏天
長期的家庭風暴使他比
別的孩子更
成熟

二〇〇一・六・廿五

有豬母苓e田野

自細漢，伊定定值黃紅開湠e豬母苓
田野中
恬恬坐咧田岸，看東爿彼抹
青青e中央山脈

有時是一、二隻飛機，有時是
一、二隻獵鴞〔la3hioh4〕
無聲值山e彼爿飛
伊感覺熱天e田呢風景
有一種沉靜e穗

彼年，是伊卜去台北師大讀冊e時
伊含〔ham3〕媽媽坐值田岸
開嘴問烏礁瘦e媽媽：是安怎

譯 有豬母苓的田野

從小，他常常在紅黃遍開的豬母苓
田野中
靜靜坐在田裡，看東邊那一抹
青青的中央山脈

有時是一、二架飛機，有時是
一、二隻獵鷹
無聲無息在山的那邊飛翔
他感到夏天的田野的風景
有一種恬靜的美

那年，是他要去台北師大唸書的時候
他和母親坐在田梗
隨口問細瘦的母親：爲什麼

伊會嫁來這個兜？

媽媽細聲講：當時，殷正在
揣一個真勢做穡e查某囡仔
真緊道來送定
我並無時間
通想啥麼
道答應婚事
我嫁過來了後
才知苦慘

現在，媽媽已經真老
更加烏礁瘦
伊猶原定定轉來故鄉e田呢
坐值田岸看風景
伊也不時道想起半生
予爸爸背叛，予當家〔ta7ke1〕苦毒

她會嫁入這個家？

媽媽低聲說：那時，他們正在
找一位很善於作田的女孩子
很快就來送聘
我沒有時時間
再想什麼
就答應婚事
我嫁過來之後
才知道悲慘

現在媽媽已經很老
更加細瘦
他仍然常回故鄉的田裡
坐在田梗看風景
他也常想起半生
被爸爸背叛，被婆婆虐待

e媽媽e命運
伊感覺伊是真歹原諒
阿嬷合爸爸e啦

二〇〇一·六·廿八

的媽媽的命運
他感到他很難原諒
祖母和爸爸

二〇〇一·六·廿八

風塵世界

金色夜叉

自在空中旋轉
伊有金色e披風
金色e面容
伊降落，化身作
一百座e國際城市合
千座e大鎮小鎮
金色e目珠〔chiu1〕
閃閃熤熤

值千道窗光e摩天大樓
值霓虹轉踅e彩色街路
值花紅柳綠e喝喊股市
伊一擺閣一擺，栽〔chhai7〕起
萬枝e旗竿

譯 金色夜叉

翩然在空中旋轉
他有金色的披風
金色的容顏
他降落，化身爲
一百座的國際城市和
千座的大鎮小鎮
金色的眼睛
閃閃爍爍

在千道窗口反光的摩天大樓
在霓虹燈光旋轉的彩色大街
在花紅柳綠的呼喝股市
它一次又一次，樹立起
萬支的旗竿

金色飄飄

伊裝飾所有查甫人ｅ健美身軀
查某人ｅ美妙裸體
值山明水秀ｅ勝地
舉辦選美比賽
冠軍，一律
金色

所有ｅ花為伊失色
所有ｅ日光為伊掩失
值風塵萬丈ｅ世間
咱追逐伊ｅ身影
值無法度停止ｅ
腳步合腳步之間

油畫家自認青紅赤白

金色飄飄

他裝飾所有男人的健美身體
女人的美妙裸體
在山明水秀的勝地
舉辦選美比賽
冠軍，一律
金色

所有的花因他失色
所有的日光因他熄滅
在風塵萬丈的人間
我們追逐他的蹤跡
在無法停止的
腳步與腳步之間

油畫家自認青紅赤白

才是正色
光譜學家認為
光有七色
金色夜叉恥笑，講：
我才是
真色！

孔子、佛陀自認道德倫理
是進化e原力
達爾文認為
物競天擇
金色夜叉恥笑，講：
恁e理論
欠色！

資本主義
無產革命
國體運動

才是正色
光譜學家認爲
光有七色
金色夜叉恥笑，說：
我才是
眞色！

孔子、佛陀自認道德倫理
是進化的原力
達爾文認爲
物競天擇
金色夜叉恥笑，說：
你們的理論
欠色！

資本主義
無產革命
國體運動

工人運動
婦女運動
政治政變
意識對抗
所有e領袖自稱
掌握真理
等夠底牌掀開：
金色！

千萬擺e血色戰爭
無數烏色e屠殺
伊無缺席
值戰火熊熊
砲彈爆破
e聲中
伊噴〔pun5〕起金色e號角
轉變人類痺痺搐e身軀

工人運動
婦女運動
政治政變
意識對抗
所有的領袖自稱
掌握眞理
等到底牌掀開：
金色！

千萬次的血色戰爭
無數黑色的屠殺
他不曾缺席
在戰火熊熊
砲彈爆破
的聲音裡
他吹起金色號角
轉變人類顫抖的身子

往前衝殺

伊予失去目標e人類
有方向
失去希望e人類
有夢想
伊予骷髏復生
虛無者變作實在

我應該感嘆伊
偉大e力量
伊謙謙而坐
無需要伸腳出手
只要文文仔笑
睨目之間就將一粒地球
染色

二〇〇〇・四・八

往前衝殺

他給失去目標的人類
有方向
失去希望的人類
有夢想
他讓骷髏復生
虛無者變成實在

我應該感嘆他
偉大的力量
他謙謙而坐
不需要動手動腳
只要微笑
眨眼之間就將一粒地球
染色

二〇〇一・四・八

青紅酒杯e港口

短短春衫雙捲袖
調箏花裡迷樓
今朝全把繡簾鉤
不教金線柳
遮斷木蘭舟

當我按呢唱起朋友為我
譜寫e歌曲時
跳舞e音樂已經響起碰恰碰恰
值酒吧e舞池中碰恰碰恰
我旋轉我水綠e身影碰恰碰恰
靠近一位二十統歲碰恰碰恰
行船e少年家碰恰碰恰

譯 紅綠酒杯的港口

短短春衫雙捲袖
調箏花裡迷樓
今朝全把繡簾鉤
不教金線柳
遮斷木蘭舟

當我如此唱起朋友爲我
譜寫的歌曲時
跳舞的音樂已經響起碰恰碰恰
在酒吧的舞池中碰恰碰恰
我旋轉我水綠的身子碰恰碰恰
靠近一位二十歲左右碰恰碰恰
行船的少年人碰恰碰恰

伊講我水綠e旗袍碰恰碰恰
親像故鄉金滑柔軟e水蛇碰恰碰恰
引起伊數念厝內e媽媽碰恰碰恰
伊願意完全靠近我碰恰碰恰
閣一擺溫存囝仔時代碰恰碰恰
溫暖e記智碰恰碰恰

我也嘸驚見笑碰恰碰恰
將伊緣投e面碰恰碰恰
攬入我燒熱喘氣e胸前碰恰碰恰

一隻千燈閃熠e大船碰恰碰恰
停值門外e港口碰恰碰恰
值烏暗中發出最後一次碰恰碰恰
pom3 pom3叫e聲碰恰碰恰
一個金色頭毛e外國人碰恰碰恰
行入舞池碰恰碰恰
穿一領純白eT恤碰恰碰恰

他說我穿著的水綠衣裳碰恰碰恰
好像故鄉光滑柔軟的水蛇碰恰碰恰
叫他憶起家裡的媽媽碰恰碰恰
他願意靠近我碰恰碰恰
又一次溫存童年時碰恰碰恰
溫暖的回憶碰恰碰恰

我也不怕譏笑碰恰碰恰
將他英俊的臉碰恰碰恰
攬入我燒燙喘息的胸裡碰恰碰恰

一艘千燈閃爍的大船碰恰碰恰
停在門外的港口碰恰碰恰
在黑暗中發出最後一次碰恰碰恰
長長的船笛碰恰碰恰
一個金黃頭髮的外國人碰恰碰恰
走進舞池碰恰碰恰
穿一件純白的T恤碰恰碰恰

掛一條金色e披鍊碰恰碰恰

伊講我美麗e衫色碰恰碰恰
予伊想起歐洲翠綠e熱天碰恰碰恰
以及白雪山腳e情人碰恰碰恰
伊講伊應該合我碰恰碰恰
跳一曲最後e勃魯斯碰恰碰恰
寄託伊異鄉寂寞e心情碰恰碰恰

我環腰將伊正面攬按〔an5〕碰恰碰恰
貼近伊厚毛e胸坎碰恰碰恰
祝伊一路順序碰恰碰恰
回夠故鄉碰恰碰恰

我閣一擺溫柔轉踅腰肢碰恰碰恰
長長呼吸碰恰碰恰
行轉來青紅燈下e桌前碰恰碰恰

戴一條金色的項鍊碰恰碰恰

他說我美麗的衣色碰恰碰恰
叫他想起歐洲翠綠的夏天碰恰碰恰
以及白雪山下的情人碰恰碰恰
他說他應該和我碰恰碰恰
跳一曲最後的勃魯斯碰恰碰恰
寄託他異鄉寂寞的心情碰恰碰恰

我環腰將他正面抱緊碰恰碰恰
貼近他毛茸的胸坎碰恰碰恰
祝福他一路順風碰恰碰恰
回到故鄉碰恰碰恰

我又一次溫柔擺動腰身碰恰碰恰
長長呼吸碰恰碰恰
回到紅綠燈下的桌前碰恰碰恰

將酒杯捧懸碰恰碰恰
含淚乾杯碰恰碰恰
向著已經消失碰恰碰恰
我一度有e碰恰碰恰
故鄉苦楝樹腳碰恰碰恰
e春天碰恰碰恰

二〇〇一・四・十二

將酒杯捧高碰恰碰恰
含淚乾杯碰恰碰恰
向著已經消失碰恰碰恰
我一度擁有的碰恰碰恰
故鄉苦楝樹下碰恰碰恰
的春天碰恰碰恰

二〇〇一・四・十二

銀色舞台

——最後一場演唱會

金粉未消亡
聞得六朝香
滿天涯煙草斷人腸
怕催花信緊
風風雨雨
誤了春光

當我e歌星學生
慎重唱起我所譜e
這首勃魯斯碰恰恰恰
所有歌星合觀眾
攏來舞台獻花碰恰恰恰
不知不覺

譯 銀色舞台

——最後一場演場會

金粉未消亡
聞得六朝香
滿天涯煙草斷人腸
怕催花信緊
風風雨雨
誤了春光

當我的歌星學生
慎重唱起我所譜的
這首勃魯斯碰恰恰恰
所有的歌星和觀眾
都來舞台獻花碰恰恰恰
不知不覺

我合我十歲e子
胸前掛滿花箍碰恰恰恰

一個我所牽成e
尚紅e少女歌星
向我行來碰恰恰恰
伊短短金片e胸衫
閃閃熠熠碰恰恰恰
值綠光如水e舞台頂
伊裸身e金滑身軀
親像一葩燒起來
旺盛e綠火碰恰恰恰
伊牽起我的手
用伊喘氣e嘴唇
親我e嘴phue2碰恰恰恰
有紫羅蘭e香味
一個查某囝仔e觀眾

我和我的十歲小孩
胸前掛滿花環碰恰恰恰

一個我所提攜
當紅的少女歌星
向我走來碰恰恰恰
她短短鑲金薄片的胸衣
閃閃爍爍碰恰恰恰
在綠光如水的舞台上
她裸身的光滑身子
彷彿一朵燃燒的
旺盛的綠火碰恰恰恰
她拉著我的手
用她喘息的嘴唇
親我的臉頰碰恰恰恰
有紫羅蘭的芬芳
一個年輕的女性觀眾

將我請落舞台碰恰恰恰
伊講二十年前
我是大明星
轟動東南亞碰恰恰恰
伊e媽媽叫伊一定要參加
我最後一擺e演唱會碰恰恰恰
是！這位姑娘
多謝妳光臨我e舞台碰恰恰恰
確實，我有輝煌e過去
但是，之後
我變作碰恰恰恰
作曲家

一個三十外歲e少婦
略有魚尾紋
但是，猶有妖嬌e姿色碰恰恰恰
伊將我攬按按〔an5〕

將我請下舞台碰恰恰恰
她說二十年前
我是大明星
轟動東南亞碰恰恰恰
她的媽媽叫她一定要參加
我最後一次的演唱會碰恰恰恰
是！這位姑娘
謝謝妳光臨我的舞台碰恰恰恰
的確，我有輝煌的過去
但是，之後
我變作碰恰恰恰
作曲家

一個三十多歲的少婦
略有魚尾紋
但是，仍有迷人的姿色碰恰恰恰
她將我抱緊

伊講是我忠實e歌迷碰恰恰恰
感謝我
予伊依賴
度過最徬徨e青春時代碰恰恰恰
是！這位美麗e少婦
我歡喜妳位徬徨之中
會凍變作堅強碰恰恰恰

一個阿巴桑
提一本收集我e相簿碰恰恰恰
伊講我是伊中年e
夢中情人碰恰恰恰
值真長e時間伊幻想
我會娶伊碰恰恰恰
伊講伊知影我未結婚
哪有十歲e子兒碰恰恰恰
是！我無結婚
值無依無倀e人生中

說是我的忠實歌迷碰恰恰恰
感謝我
讓她依賴
度過最徬徨的青春碰恰恰恰
是！這位美麗的少婦
我欣喜妳從徬徨之中
變成堅強碰恰恰恰

一個阿巴桑
拿一本收集我的相簿碰恰恰恰
他說我是她中年的
夢中情人碰恰恰恰
長久以來她幻想
我會娶她碰恰恰恰
她說她知道我未婚
哪會有十歲的小孩碰恰恰恰
是！我沒結婚
在無依無靠的人生中

神予我值路邊拾〔khio2〕著碰恰恰恰
這個囝仔

舞台燈光已經轉成
一片銀色碰恰恰恰
我知影告別e時刻
已經夠位碰恰恰恰
我輕輕牽著我e子
閣一擺跔起值舞台
唱最後一曲：碰恰恰恰
《青春永遠在》碰恰恰恰

二〇〇〇・四・十四

神讓我在馬路邊撿到碰恰恰恰
這個小孩

舞台的燈光已經轉成
一片銀色碰恰恰恰
我知道告別的時候
已經到了碰恰恰恰
我輕輕拉著我的兒子
又一次站到舞台
唱最後一首：碰恰恰恰
《青春永遠在》碰恰恰恰

二〇〇一・四・十四

霓虹閃熠e酒吧

男兒e生命掛在
空中e一條線

當我用烏頭仔車載著阿秀
夠十樓酒吧e門口
輕快e恰恰音樂
已經值大廳響起恰恰恰
玻璃窗外e酒吧大街
一片霓虹閃熠恰恰恰

阿秀閣再斡頭
對我深情注視恰恰恰
然後，旋轉伊真穗〔sui2〕e身軀
短短烏色胸衫、烏皮裙

譯 霓虹閃爍的酒吧

男兒的生命掛在
空中的一條線

當我用轎車載著阿秀
到十樓酒吧的門口
輕快的恰恰音樂
已經在大廳響起恰恰恰
玻璃窗外的酒吧大街
一片霓虹閃爍恰恰恰

阿秀又再回頭
對我深情注視恰恰恰
然後，旋轉她漂亮的身子
短短黑色胸衣、黑皮裙

烏森森〔sim3〕e長頭毛
行入飲〔lim1〕酒人群恰恰恰

我轉來調酒e吧台
老闆蝴蝶夫人笑微微恰恰恰
伊是現此時
牛肉場e主持人恰恰恰
伊用白肉e雙手
位我e後腰攬按
伊講卜收我作客子恰恰恰
我感覺
伊朱紅e嘴唇
值我e耳邊
吐氣如蘭恰恰恰
豐滿e胸部
有薰衣草e芳恰恰恰

黑亮的長髮
走入喝酒的人群中恰恰恰

我回到調酒的吧台
老闆蝴蝶夫人笑嘻嘻恰恰恰
她是當今
牛肉場的主持人恰恰恰
她用雪白的雙手
抱住我的後腰
她說要我做她的義子恰恰恰
我感到
她朱紅的嘴唇
在我的耳邊
吐氣如蘭恰恰恰
豐滿的胸部
有薰衣草的芬芳恰恰恰

是，蝴蝶夫人
多謝妳收留我恰恰恰
若無妳e幫贊
我猶值風塵e世間
流浪街頭恰恰恰
但是，我有殺人e案底
嘸敢替妳揣麻煩恰恰恰

舞池中一陣e騷動恰恰恰
一對國際舞e舞師
正在示範跳舞恰恰恰
雙人束身優美e腰肢
搖來搖去恰恰恰
查某囝仔e舞者
金色e長靴
變作一池
金黃色e影恰恰恰
引我想起

是，蝴蝶夫人
謝謝妳收留我恰恰恰
假如不是妳的幫助
我仍然在風塵世間
流浪街頭恰恰恰
但是，我有殺人的前科
不敢替妳找麻煩恰恰恰

舞池中一陣的騷動恰恰恰
一對國際舞的老師
正在示範跳舞恰恰恰
兩人束腰優美的身子
搖來晃去恰恰恰
女性舞者的
金色長靴
化成一池
金黃色的幻影恰恰恰
叫我想起

我猶未涉案前
影星e生活恰恰恰
彼時，我藝專畢業
一心一意，想卜做
金黃色e主角恰恰恰
可惜，值一場烏色e血戰中
我跋倒
變作東匿西藏e人恰恰恰

我倒入一杯馬丁尼
加上一寡水果汁恰恰恰
將調酒罐
轉踅旋轉恰恰恰
位倒手
交予正手
閣交予倒手
倒入青紅e酒杯恰恰恰

我仍未涉案前
影星的生活恰恰恰
那時，我藝專畢業
一心一意，想做
金黃色的主角恰恰恰
可惜，在一場黑色的血戰中
我跌倒
變成東藏西躲的人恰恰恰

我倒入一杯馬丁尼
加上一些水果汁恰恰恰
將調酒罐
上下旋轉
由左手
交給右手
又交回左手
倒入紅綠酒杯恰恰恰

顧客真滿意
閣叫我調一杯
血腥e瑪麗恰恰恰

一張酒桌中踦起一位
男扮女裝e小姐恰恰恰
幼秀e面容
千嬌百媚恰恰恰
伊行夠我e面前
閣一擺邀請我加入伊e
人妖舞團恰恰恰
是，多謝你看得起我
但是，我e思想
猶是真正保守恰恰恰
猶無想卜做
點脂彩粉e女兒恰恰恰
酒吧樂團e歌手正在

顧客很滿意
又叫我調一杯
血腥瑪麗恰恰恰

一張酒桌邊站起一位
男扮女裝的小姐恰恰恰
稚嫩的容顏
千嬌百媚恰恰恰
她走到我的面前
又一次邀請我加入她的
人妖舞團恰恰恰
是，謝謝妳看得起我
但是，我的思想
仍然十分保守恰恰恰
不想當個
捺脂敷粉的女兒恰恰恰
酒吧樂團的歌手正在

唱一條溫柔輕快e戀歌恰恰恰
伊向我示意要一杯
白色e葡萄酒恰恰恰
位彼爿玻璃窗看出去
五彩燈光
罩住城市恰恰恰
紙醉金迷e氣氛
十足濃重恰恰恰
阿秀行來吧台前
伊講卜合人客出去二點鐘
叫我要等待伊恰恰恰
我發覺伊已經醉
美麗e烏目珠〔chiul〕
有淡淡e淚痕恰恰恰
我斡頭看玻璃櫥
靴有我暗藏e一支

唱一首溫柔輕快的戀歌恰恰恰
他向我示意要一杯
白色的葡萄酒恰恰恰
從那邊的玻璃窗望出去
五花十色的燈光
籠罩城市恰恰恰
紙醉金迷的氣氛
十足濃重恰恰恰
阿秀走到吧台前
她說要和客人出去二個鐘頭
叫我等她回來恰恰恰
我發覺她已醉
美麗的黑眼睛
有淡淡的淚痕恰恰恰
我回頭瞧一眼玻璃櫃
那兒有我暗藏的一支

護身手槍恰恰恰
值手槍前
遮一幅我e阿母e相片恰恰恰
故鄉e阿母
嘛有阿秀e目珠恰恰恰

我閣再調一杯
墨西哥e龍舌蘭恰恰恰
這杯我家己飲〔lim1〕恰恰恰
向著我已經失去e恰恰恰
所有故鄉恰恰恰
e青春恰恰恰

二〇〇〇・四・十五

護身手槍恰恰恰
在手槍前
遮一幅我的母親的相片恰恰恰
故鄉的母親
也有阿秀的眼睛恰恰恰

我再調一杯
墨西哥的龍舌蘭恰恰恰
這一杯我自己喝恰恰恰
向著我已經失去的恰恰恰
所有故鄉歲月恰恰恰
的青春恰恰恰

二〇〇一・四・十五

無感覺主義

一個失去雙腳e潛〔chng3〕水夫

有綠色玻璃彼一樣e海水
白色e珊瑚
五彩發光e
魚群
我逼近匿藏值坎坷石縫e
一隻紅色大龍蝦
碰！一聲
我轉踅我e身軀
放捨我e魚槍合
潛水裝
變作碼頭一位
烘魷魚e
熟練手

譯 一個失去雙腳的潛水夫

有綠色玻璃一般的海水
白色的珊瑚
五彩發光的
魚群
我逼近隱藏在粗礪石縫裡的
一只紅色大龍蝦
碰！一聲
我旋轉我的身子
放棄我的魚槍和
潛水裝
變成碼頭上一位
燒烤魷魚的
熟練工

是，我馬上道烘好
恁才結婚無外久乎〔honn2〕？
大概是做新婚旅行乎〔honn2〕？
恁莫〔mai3〕離開我傷遠
我提魷魚予恁有卡無方便
輪椅之下，我
無腳

軍方有賠償我一寡錢
無濟道有影
殷講爆炸e水雷無法度確定是
日本政府抑是
國民政府
所园
是，這是一個無確定e時代
斷一隻腳抑是斷二隻腳
事先無人知

是，馬上就烤熟
你們剛結婚不久吧？
大概是做一趟新婚之旅吧？
你們不要離我太遠
我拿魷魚給你們時不很方便
輪椅底下，我
無腳

軍方曾賠償我一些金錢
不很多就是了
他們說爆炸的水雷無法確定是
日本政府或是
國民政府
所放置
是，這是一個不確定的時代
斷了一隻腳或二隻腳
事先無法確知

我猶有命
感謝天！

恁佗位來？
台北？桃園？
啊，真辛苦
卡早我猶未做潛水夫e時
嘛八值北部做土水工
我起造台北捷運e車站
將一擔一擔e磚仔角
擔起值高架路頂
用我真勇e腳

是，確實真穗〔sui2〕
西爿藍色海面像一面鏡
有一條烏藍色e海水由南而北
彼道是海峽e
黑潮

我卻能活著
感謝老天！

你們從哪來的？
台北？桃園？
啊，眞是辛苦
從前我還沒做潛水夫工作時
也曾在北部做建築工
我造台北捷運車站
把一擔一擔的磚頭
挑到高架鐵路上頭
用我非常強健的腳

是，的確漂亮
西邊藍色海面彷彿一面鏡子
有一條深藍色的海水由南而北
那就是海峽的
黑潮

阿無人有法度解説這粒小琉球
是安怎浮值海中
這大概要探求宇宙萬物母子關係
恁看！東爿有一線青色土地
一值湠夠天邊，彼道是
台灣島
假使台灣島是媽媽
小琉球道是伊e
囝仔

恁一定要把握恁健康e身體
好好將台灣全部e美麗風景
看一遍

恁講順遂烘一尾墨賊仔
真多謝
有恁交關，我才會凍飼飽

沒有人能解釋這座小琉球島嶼
又是怎樣浮升在海水之中
大概要探求宇宙萬物間的母子關係吧
你看！東邊有一列青色土地
一直連接天邊，那就是
台灣島
假如台灣島是媽媽
小琉球就是她的
小孩

你們一定要把握你們健康的身體
趁機好好將台灣全部的美麗風景
看一遍

你們說順便烤一尾烏賊
謝謝
有你們光顧，我才有辦法餵飽

三個猶值國校讀冊e
小漢子

啊！我未失志
恁免煩惱
你看！天邊彼堆白雲
殷無腳，猶原走靴遠
飛靴懸
有一日，我卜離開這個輪椅
閣一擺潛入海底
親像八腳魷魚
重新生活值
碧綠色e
大世界

二〇〇一・四・十一

三個還在國小讀書的
兒女

啊！我不感到失意
你們不需擔心
你看！天邊那堆白雲
沒有腳，仍然走那麼遠
飛那麼高
有一天，我要離開這張輪椅
再一次潛入海底
就像那八爪章魚
重新生活在
碧綠色的
大世界

二〇〇一・四・十一

一個失去雙手e國中女學生

感覺中，一台大卡車
衝入街仔路放學e
隊伍中
我醒起來，已經值
大病院e
病床頂
我昏迷二暝三日

所有e物件
攏是白色：
白色e被
白色e壁

譯

一個失去雙手的國中女學生

感覺中，一輛大卡車
衝入街道放學的
隊伍中
我醒過來，已經在
大病院的
病床上
我昏迷二夜三天

所有的東西
都是白色：
白色的被子
白色的牆壁

白色e天板
干擔我手腕頭仔e紗布
紅色

早起日頭光假那金色e水
位窗仔口流入來
我想卜去承〔sin5〕
只是伸未出手
想卜將倒咧e身軀
撐〔thenn3〕懸，才知
無手

歸暝攏無睏e媽媽講卜
削一粒梨仔予我吃
我講我家己削道好
媽媽微笑，笑中有淚
我才想起我e話
無實在

白色的天花板
只有我手腕上的紗布是
紅色

早晨的太陽光彷彿金色的水
從窗口流進來
我想去承接
只是伸不出手
想將躺著的身子
撐高，才知
無手

整夜都沒睡的媽媽說要
削一顆梨子給我吃
我說我自己削就好
媽媽微笑，笑中有淚
我才想起我的話
不實在

護士搡〔sak4〕我夠花園行一遭
伊講我體力真好，恢復真緊，順續
問我哪有才調做班長
我講我e手比別人卡緊：
做代誌緊
寫字嘛緊
護士笑起來，伊講卜
向我學習

中晝，一群同學送真濟花來
殷講阿金、阿淑已經
無值班上上課
殷歸日攏值摺
紙蓮花
殷一面講一面哭
我想卜提紙將殷e目屎
拭礁

護士推著我到花園走一趟
她說我的體力好，恢復很快，順便
問我怎麼能當班長
我說我的手比別人快：
做事快
寫字也快
護士笑起來，她說要
向我學習

中午，一群同學送許多花來
他們說阿金、阿淑已經
不在班上上課
他們整天都在摺
紙蓮花
他們一面說一面哭
我想拿衛生紙將他們的眼淚
擦乾

可惜，我做未夠

下晡，隔壁病床e阿叔
拍開電視機，ＮＢＡ籃球賽真激烈
卡早，我真少看這種查甫囝仔e節目
但是，這回我看夠真認真
公牛隊e每個成員攏有
魔術彼一樣e手

夕陽中，我看窗仔門外
一欉青綠色e美人樹
歸巢e鳥仔值樹枝跳來跳去
殷有萬般美麗e羽毛
我真想卜有殷
花紅柳綠e
翅仔

暗時，值夢中，我有千雙e手

可惜，我做不到

下午，隔壁病床的叔叔
打開電視機，ＮＢＡ籃球賽正激烈
以前，我很少看這種男生的節目
但是，這次我看得很認眞
公牛隊的每個成員都有
魔術般的手

夕陽中，我看窗外
一棵青綠色的美人樹
歸巢的鳥兒在樹上跳來跳去
牠們有萬般美麗的羽毛
我很希望有牠們
五顏六色的
翅膀

晚上，在夢中，我有千雙的手

嘸知卜用佗一雙

二〇〇一・五・二

不知要用哪一雙

二〇〇一・五・二

一個失去聲音e資深教員（日記）

五月二日

位冷冷刀光e白色世界離開
我閣再健康起來

五月廿二日

卜出院咯，我閣再看病床頂一大堆e花束
花蕊中有一張學生e卡片，頂面寫：
「祝老師早日恢復。」烏字白紙假那般
烏白分明e目珠，我笑起來
只是無聲

譯 一個失去聲音的資深教員（日記）

五月二日

從冷冷刀光的白色世界離開
我又健康起來

五月廿二日

要出院了，我又看一眼床上那堆的花束
花朵中有一張學生的卡片，上頭寫：
「祝老師早日康復。」黑字白紙彷彿他們
黑白分明的眼睛，我笑起來
只是無聲

五月廿五日

我轉來厝，照常批改囝仔e作文簿
照常改作業夠深夜
我e查甫人驚我傷殄〔thiam2〕，叫我
休睏，我向伊微笑，用筆值紙頂寫：
免煩惱，這是最後一擺

五月卅日

早起e菜市場，人聲喊喝，攏是
快樂e聲，我恬恬撿一尾鱸魚
园值我e菜籃仔底

五月卅一日

下晡六點，我準時煮好暗頓〔tng3〕

五月廿五日

我回到家，照樣批改小孩的作文簿
照樣改作業到深夜
我的先生怕我太累，叫我
休息，我向他微笑，用筆在紙上寫：
不必煩惱，這是最後一次

五月卅日

早上的菜市場，人聲鼎沸，都是
快樂的聲音，我默默揀了一尾鱸魚
放在我的菜籃子裡

五月卅一日

下午六時，我準時煮好晚餐

敲電話予電腦公司e大漢子，叫伊
轉來吃飯，伊有來接電話
但是，我無法度叫出伊e名

六月二日

校長真㨻替我設想，調我來辦行政
我離開一個真正e
人生戰場

六月七日

值走廊上，看一個二年e查甫囝仔
流目屎，我去安慰伊，只會凍
用手巾仔將伊e目屎
拭礁

打電話給電腦公司的大兒子，叫他
回來吃飯，他來接電話
但是，我叫不出他的名字

六月二日

校長很能爲我設想，調我兼辦行政
我離開一個眞正的
人生戰場

六月七日

在走廊上，看到一位二年級的男生
流眼淚，我去安慰他，只能用
手帕將他的淚
擦乾

六月十日

每一個人攏離我真遠，我感覺
離我一尺e人合離我一百公尺e人共款
我無法度用聲音
聯絡殷

六月十五日

一群女同事值日光下交換衫裙e意見
我看著一個年輕e老師穿一領烏綢為底
浮孔雀羽毛圖樣e長裙，寶藍e色彩
發出光芒，羽眼親像千蕊目珠
我想卜給伊呵咾
嘸知卜安怎講起

六月十日

每個人都離我甚遠，我感到
離我一尺的人和離我一百公尺的人一樣
我無法用聲音
聯絡他們

六月十五日

一群女同事在日光下交換衣裙的見解
我看見一位年輕的老師穿一件黑綢爲底
浮孔雀羽毛圖樣的長裙，寶藍的色彩
發出光芒，羽眼彷彿千只眼睛
我想稱讚她
卻不知從何說起

六月廿日

我時常行緊腳步，踦向別人身邊
想卜縮短別人合我e距離

六月廿一日

人合人之間親像隔一個斷崖
我無橋通好行過

六月廿三日

真想卜合卡早共款，含〔ham3〕同事
講一下晡心內事，可惜已經無可能
一個世界已經離我真遠

六月廿四日

我真驚陷入完全e孤獨

六月廿日

我常常想加快腳步，站向別人身邊
想要縮短別人與我的距離

六月廿一日

人和人之間彷彿隔一個斷崖
我沒有橋可以通過

六月廿三日

很想和從前一樣，與同事
說一下午的心裡話，可惜已無可能
一個世界已離我遙遠

六月廿四日

我很怕陷入完全的孤獨

拚命寫日記

六月二十五日

鳳凰花又閣開滿校園
畢業生開始唱美麗又閣悲傷e
驪歌，啊——舊年我才唱過
e歌

七月二日

今仔日是我e生日
學校送來一卷半年前我值禮堂
做演講e錄音帶
我感覺無限e驚奇

二〇〇一．二．廿

拚命寫日記

六月廿五日

鳳凰花又開滿校園
畢業生又開始唱美麗又悲傷的
驪歌，啊——去年我才唱過
的歌

七月二日

今天是我的生日
學校送來一捲半年前我在禮堂
演講的錄音帶
我感到無限的驚奇

二〇〇一．二．廿

失去聽覺e公司大門守衛

減去漂浮e色，減去漂浮e影
減去漂浮e形，我明顯感覺
我行轉來夢土e邊緣地帶
位有聲e世界，進入無聲
我醒起來

我以為早起e日頭光是有體積e
物件，合樹木、草仔共款，因為殷攏
無聲

我合我e太太講話，臆〔ioh4〕伊嘴唇
e意思
感覺伊朱紅e嘴唇是一尾強卜

譯

失去聽覺的公司大門守衛

減去漂浮的色彩，減去漂浮的影子
減去漂浮的形狀，我明顯感到
我走回來夢土的邊緣地帶
從有聲的世界，進入無聲
我醒來

我以爲早上的太陽光是有體積的
東西，和樹木、草一樣，因爲他們都
無聲

我和我的太太講話，猜她嘴唇
的意思
感覺她朱紅的嘴唇是一枚就要

飛起來e蛾〔iah4〕仔
我行路去上班，一隻狗對我e威脅
減少一半，雖然共款兇惡，可惜假那
一個歹人，用聲嚇人，卻
喊未出聲

突然間，街仔路一台車位我e後壁駛來
捲起來e風掃過我e衫枝
我估計車距離我只有三公分
大概司機有響喇叭
只是我無聽覺

夠公司，值監視銀幕看著一群外國人客
踦值大門口，我按開關予𪜶進入
𪜶向我說謝，我用手勢回禮
感覺我合𪜶無距離
阮之間無語言e

飛起來的蝴蝶
我走路去上班，一隻狗兒對我的威脅性
已減低一半，雖然仍然凶惡，可惜就像
一個歹徒，以聲音嚇人，卻
叫不出聲

突然間，街上一輛車子從我的後方駛來
捲起的風拂動我的衣服
我估計車子距離我只有三公分
司機大概鳴了喇叭
可惜我聽不到

到公司後，在監視銀幕看到一群外國訪客
站在大門口，我按了開關讓他們進來
他們向我致謝，我用手勢回禮
感覺我和他們沒距離
我們之間沒有語言的

障礙

值公司e花園中，所有e花e色彩
原在，只是加倍美麗，值寂靜中
我希望聽著一條歌
啊——我真久嘸八聽過e
心愛e歌

吃中晝e晉前，合公司一群人跋繳
看十箍e銀幣旋轉值桌面
由緊夠慢，停止，現出二面中e一面
所有e人攏真緊張
我尚鎮靜

暗時，下班，閣轉來厝大廳e電視機前
政治人物e面扭曲，表演一齣
要選票e默劇
所有e廣告如常播出，一個形影接一個

障礙

在公司的花園中，所有花的色彩
猶在，只是加倍美麗，在寂靜中
我希望聽到一首歌
啊——我很久不曾聽過的
心愛的歌

午飯之前，和一群公司的人賭博
看十元的銀幣在桌上旋轉
由快到慢，停止，現出二面中的一面
所有的人都很緊張
我最鎮靜

晚上，下班，又回到家裡客廳的電視前
政治人物的臉扭曲，表演一齣
要選票的默劇
所有的廣告如常播出，一個影子接一個

形影

無連續性
我看著一個歌星唱歌e表情痛苦
嘸知原因

卜睏晉前，看我e囝仔彈鋼琴
伊十枝手踵頭仔跳來跳去
我揣未出殷e規律

我知影一個世界已經
離我真遠，我進入半個涅槃

我睏去，希望值夢中
聽會著聲

二〇〇一・二・十八

影子

沒有連續性
我看到一位歌星唱歌的表情痛苦
卻不知道原因

要睡覺之前，看我的孩子彈琴
他十支手指跳來跳去
我找不出它們的規律

我知道一個世界已經
離我很遠，我走進了半個涅槃

我睡去，希望在夢中
能聽到聲音

二〇〇一・二・十八

一個失去視覺e作家e訪問錄

【註】詩中e主角波赫士是南美洲e作家，伊e魔幻寫實小說予咱對人生合宇宙有眞好眞曠闊e夢，自中年開始，伊e視力道慢慢消失，夠晚年完全失明，伊眞少提起伊e失明對伊小說e影響，留予咱眞大e一個謎。

是，確實，無錯
慢慢，我已經未記得我寫外濟故事
只干擔留一寡草原、小鎮、城市e風景
值我e腦海中

當然，猶有一寡馬賊、歹徒合一兩支

譯

一個失去視覺的作家的訪問錄

【註】詩中的主角波赫士是南美洲的作家，他的魔幻寫實小說給我們對人生和宇宙有很美好廣闊的夢，從中年伊始，他的視力就慢慢消失，到晚年完全失明，他很少提到他的失明對他的小說的影響，留給我們很大的謎。

是，確實，沒錯
慢慢的，我已經記不得我寫了多少故事
只留下一些草原、小鎮、城市的風景
在我的腦海中

當然，還有一些馬賊、歹徒和一兩支

扁鑽e影
有當時嘛會出現
故事e細節大部分記未起來
除了恁閣唸予我聽

我值房間會囥一張紙、一支筆
冗e時，我會寫一寡字
但是，我掠未準字合字
之間e距離

我猶閣繼續讀冊
但是需要我e媽媽合我e查某人
唸予我聽
特殊e段落，我會拜託殷
唸二擺

恁講我e小說是我合我媽媽e共同創作

扁鑽的影子
有時也會出現
故事的細節大部份記不起來
除了你們又唸給我聽

我在房間會放一張紙、一支筆
空閒時，我會寫一些字
但是，我抓不準字與字
之間的距離

我仍繼續讀書
但是需要我的媽媽和我的內人
唸給我聽
特殊的段落，我會懇請她們
唸二次

你們說我的小說是我和我媽媽共同的創作

確實，講故事e人是我
阿寫e人是我e媽媽

是，我無法度描寫細節
譬如講一個港口，我只會凍粗枝大葉來寫
因為海鳥、波浪e形e色早到失落值
我e記智之中
我寫e是故事大概，不過讀者會感覺
我e小說
好讀

我無本錢濫用視覺
我寶惜保留值記憶中e一絲絲仔光芒
一絲絲仔槍口發出來e火星
一絲絲仔露水e閃熤
我希望殷會凍使我想起閣卡濟
e物件

的確，說故事的人是我
而寫的人是我的媽媽

是，我沒有辦法描寫細節
譬如說一個港口，我只能粗枝大葉地寫
因爲海鳥、波浪的形色早就失落在
我的記憶之中
我寫的是故事的梗概，不過讀者會感覺
我的小說
好讀

我沒有本錢濫用視覺
我珍惜保留在記憶中的一點點光芒
一點點槍口發出來的火花
一點點露珠的閃爍
我希望它們會叫我想起更多
的事物

確實，我定定值大腦中揣種種記憶
咱e記憶是一個網路

我e小說真親像神話
無錯，荷馬道是一個盲者

我認為大部分e作家攏是盲作家
雖然殷e目珠好好，可惜未曉用
殷e目珠

維持我e活力只有一個辦法
我值黑暗e腦海中畫一隻五花十色e猛虎
當我想未起伊e形e色，道是我
永遠合世間相辭
e時陣

二〇〇一・二・十八

確實，我常在大腦中找尋種種記憶
我們的記憶是一個網路

我的小說彷彿神話
沒錯，荷馬就是一位盲者

我認爲大部分的作家都是盲作家
雖然他們的眼睛完好，可惜不善於運用
他們的眼睛

維持我的活力只有一個辦法
我在黑暗的腦海中畫一隻五彩繽紛的老虎
當我想不起牠的形色，就是
我永遠和世界辭別
的時候

二〇〇一・二・十八

時代e色彩

安靜

——溪頭青年活動中心看蔣介石銅像

值餐廳邊仔e一個小小e花園內
有蔣介石合九個青年學生
e銅像

蔣介石坐值露天e椅仔頂
身穿一領長袍馬褂
提一卷翻開e冊
面上有慈祥e
笑容

九個學生，有踞也有踦
無論啥麼姿勢，看起來攏
十足聰明、乖巧

譯 安靜

——溪頭青年活動中心看蔣介石銅像

在餐廳邊的一個小小花園內
有蔣介石和九個青年學生
的銅像

蔣介石坐在露天的椅子上
身穿一件長袍馬褂
拿一卷翻開的書
臉上有慈祥的
笑容

九個學生，或蹲或站
不論什麼姿態，看起來都
十足聰明、乖巧

七月e紅白鳳仙花值小花園內
開夠真鬧熱
日頭艷麗
四周圍e杉仔樹
直直直
小山區遮呢
秋沁安靜
除了一二聲e蟬叫以外
並無其他

我靜靜值小花園e石階
坐落來
彷彿五〇、六〇年代e情形又閣
重回我e生命

遐是一個真正安靜e時代
你看未著反抗e標語

七月的紅白鳳仙花在小花園內
開得很熱鬧
日光艷麗
四周圍的杉樹
挺直
小山區這麼
清爽安靜
除了一兩聲的蟬鳴以外
並無其他

我靜靜在小花園的石階
坐下
彷彿五〇、六〇年代的情況又
重回我的生命

那是一個十分安靜的時代
你看不到反抗的標語

也聽未著一絲絲仔
反抗e聲
因為反抗者攏被關值
深深e監牢

確實是非常安靜
彼個時代，逐日安靜夠
予你會凍聽著家己e血
流值血管e聲
予你會凍聽著家己e目屎
滴落土腳e聲

不知不覺，阮值無聲中
行過韓戰、越戰、核戰
e危機
阮並無聽著任何e
槍聲合砲聲

我猶會記，遐是一個失去聲音

也聽不到一點點
反抗的聲音
因爲反抗者都被關在
深深的監牢

確實是非常安靜
那個時代，每天都安靜到
可以聽到自己的血
流在血管的聲音
可以聽到自己的眼淚
滴在地上的聲音

不知不覺，我們在無聲中
走過韓戰、越戰、核戰
的危機
我們並沒有聽到任何
的槍聲和砲聲

我仍記得，那是一個失去聲音

e時代
無人敢大聲講伊e未來
伊e前途，伊e自我
一切無聲

所有e台灣人好親像是身染重病e人
失去聲音、聽覺
世界除了一尊尊蔣介石e銅像以外
並無其他

我靜靜坐一下晡
無聲e心情起伏
照講我應該對蔣介石真不滿
但是我再三感覺著我對伊嘸知卜安怎
恨起
哪會安呢，我想未曉

二〇〇一・七・十六

的時代
沒有人敢大聲說出他的未來
他的前途、他的自我
一切無聲

所有的台灣彷彿身染重病的人
失去聲音、聽覺
世界除了一尊尊蔣介石的銅像以外
並無其他

我靜靜坐了一下午
無聲的心情起伏
照理說我對蔣介石應該十分不滿
但是我再三感覺到我對他卻不知如何
恨起
爲什麼這樣，我不知道

二〇〇一・七・十六

白色e一九七〇年代前期

六〇年代一直延長夠七〇年代初期
台灣知識少年家e胸仔口
藏一港茫茫
e風

我e電唱機頂頭踞一個
鮑比·狄倫合一群
披頭四
我留一頭長夠腳脊phiann1 e烏頭鬃
坐值圖書館讀冊
身邊e讀友叫我是查某囝仔
我穿懸踏皮鞋
我穿會凍掃起歸街落葉e喇叭褲

譯

白色的一九七〇年代前期

六〇代一直延續到七〇代初期
台灣知識青年的胸腔
藏一股茫茫
的風

我的電唱機上頭蹲一個
鮑比·狄倫和一群
披頭四
我留一頭長到背脊的黑頭髮
坐在圖書館讀書
身邊的讀友以爲我是女生
我穿高跟皮鞋
我穿可以掃起整條街道落葉的喇叭褲

我跳chicken合horse舞步
我參加托福考試e補習班
不時道探聽美國大學
e消息

阮也有想卜學美國e少年家
反戰，啵〔pok4〕大麻煙
但是蔣介石嘸准阮
安呢做

阮另外一半e靈魂墜落深藍色e憂鬱
之中揣無出路
阮讀貝克特e《等待果陀》
日時，值冷戰線上發燒發冷
半暝爬起來，值紙上寫死亡、流浪、逃亡
e北京語詩（有時會湊一、二句英語）
凡是叫作知識分子e台灣少年，攏嘸知

我跳chichen和horse的舞步
我參加托福考試的補習班
不斷地打聽美國大學
的消息

我們也想要學美國青年
反戰，抽大麻
但是蔣介石不准我們
如此做

我們另外一半的靈魂墜落在深藍色的憂鬱
中找不到出路
我們讀貝克特的《等待果陀》
白天，在冷戰線上發燒發冷
半夜爬起來，在紙上寫死亡、流浪、逃亡
的北京語詩（有時會摻一、二句英語）
凡是叫作知識分子的台灣少年，都不知道

台灣值佗位，阮e面框白雪雪〔sak4〕
親像失血過多e病人，倒值手術台期待
奇蹟，意識消失值白霧白霧e
病房中

二〇〇一・七・三

台灣在哪兒，我們的面孔白皙
彷彿失血過多的病人，倒在手術台上期待
奇蹟，意識消失在白色的
病房中

二〇〇一・七・三

普色e一九七〇年代後期

一九七五年，蔣介石死亡值
一片全島摜籃假燒金e
哀天叫地中
可是，伊e死亡卻予時代
有了改變

整個七〇年代，尤其是後期
台灣e知識分子第一遍發現
世界有一種動物
叫作「人」
親像被提掉白內障e病人
清楚看著面前動物e
鼻目嘴

譯 灰色的一九七〇年代後期

一九七五年，蔣介石死亡在
一片全島虛情假意的
搶天呼地之中
可是，他的死亡卻讓時代
有了改變

整個七〇年代，尤其是後期
台灣的知識份子第一次發現
世界有一種動物
叫作「人」
彷彿被拿掉白內障的病人
清楚看著面前這個動物的
容顏

我e冊架頂踦一個懸大e
托爾斯泰，有時踦一個
史懷哲
殷共同e化名叫作
人道主義者
我日時看史坦貝克
暗時看高爾基
我將桌頂傷過頭濟e冊徙開
開始安上被壓迫e人民
e神位，每日向殷
會失禮

我褪掉皮鞋，真正
閣轉去故鄉e田園勞動
（無收入無要緊）
我穿一領T恤，真正
去塑膠鞋工場做工
（一個月三千箍新台幣）

我的書架上站一位高大的
托爾斯泰，有時站一個
史懷哲
他們共同的化名叫作
人道主義者
我白天看史坦貝克
晚上看高爾基
我把桌上太多的書籍移開
開始擺上被壓迫的人民
的神位，每日向他們
告罪

我脫掉皮鞋，眞正地
又回到故鄉的農田勞動
（沒有收入無所謂）
我穿一件T恤，眞正地
跑到塑膠鞋工場工作
（一個月三千元新台幣）

我研究黃春明e《看海的日子》
大聲唸王禎和e《嫁妝一牛車》
我撢掉東方畫會合五月畫會e畫
倒轉來洪通e素人畫和
朱銘e牛e雕刻上
日夜欣賞

阮開始排斥流放、死亡e詩
鼓吹人含土地e關係
阮不滿個人主義e小說
提倡勞動者e文學

阮希望發動一場勞動者e
革命，想卜將人e尊嚴
還予街路、農村、機器邊仔
e小人物
可惜蔣經國e監牢

我研究黃春明的《看海的日子》
大聲唸王禎和的《嫁妝一牛車》
我丟掉東方畫會和五月畫會的畫
回到洪通的素人畫和
朱銘的牛的雕刻上
日夜欣賞

我們開始排斥流放、死亡的詩
鼓吹人和土地的關係
我們不滿個人主義的小說
提倡勞動者的文學

我們希望發動一場勞動者的
革命，想要把人的尊嚴
還給街上、農村、機器邊的
小人物
可惜蔣經國的監牢

隨時伺候
阮只好踞值鄉土這條戰線
攬著普〔phu2〕色e土地凝心

阮e另外一半靈魂陷入紅色世界
認真值懸崖頂頭栽銅像，值雲中揣路
阮以馬克斯為師，勤讀《資本論》
替跨國公司
寫葬詞
阮以第三世界e理論
替亞非拉三洲e人
喝不平
阮甚至用能趨疲理論
預測工業主義已經行夠
地球e盡頭
阮有時也自我批判
自覺小資產階級e軟弱
合悲劇

隨時伺候
我們只好蹲在鄉土這條戰線
捧著灰色的土地咬牙切齒

我們另外一半靈魂陷入紅色世界
認眞在懸崖上立銅像，在雲中找路
我們以馬克斯爲師，勤讀《資本論》
替跨國公司
寫葬詞
我們以第三世界的理論
替亞非拉三洲的人民
打抱不平
我們甚至用能趨疲理論
預測工業主義已經走到
地球的盡頭
我們有時也自我批判
自覺小資產階級的軟弱
和悲劇

阮非常正經，面容嚴肅
絕對嘸是底講耍笑

可惜，贊成阮e人真少
因為台灣人真少人自認家己是
無產階級

整個七〇年代，差不多是普色e
色彩
因為土地是普色，工場e牆壁
嘛是普色
彼是一個真無趣味e時代
阮e理論傷過頭國際化
一絲絲仔道無合〔hah4〕
台灣現實
彼時，阮嘛是差不多嘸知淡水河合
濁水溪值佗位，阮八e人是

我們非常正經，面容嚴肅
絕對不是開玩笑

可惜，贊成我們的人很少
因爲台灣人很少人自認自己是
無產階級

整個七〇年代後期，差不多是灰色的
色彩
因爲土地是灰色，工場的牆壁
也是灰色
那是一個毫無樂趣的時代
我們的理論太過於國際化
一點點都不合於
台灣現實
那時，我們也幾乎不知道淡水河和
濁水溪的歷史，我們認知的人是

觀念上e人
值歸屬上，阮猶自認是生活值中國
叫自己是
中國人

二〇〇一・七・四

觀念上的人
在歸屬上，我們仍自認是生活在中國裡
稱呼自己是
中國人

二〇〇一・七・四

無情e時代

值惡夢中，我是一個穿藍色軍服e
兵仔，失去我e槍
值部隊前進e時
干擔我e肩頭空空

收假e時是暗時九點正
八點左右，我才坐黯淡e列車
轉去軍營，夠大門口
已經深夜二點正

我合一群老芋仔兵困守值
荒涼e沙洲，一直做兵
一個月閣經過一個月

譯 無情的時代

在惡夢中，我是一個穿藍色軍服的
士兵，失去我的槍
在部隊前進時
只有我的肩膀空蕩

收假的時候是晚上九點正
八點左右，我才搭著黯淡的列車
回到軍營，到大門口
已經深夜二點正

我和一群老芋仔兵困守在
荒涼的沙洲，一直當兵
一個月又經過一個月

退伍令攏無消息

我e同伴值軍營e叛亂中死亡
伊e媽媽聽到消息
無聲昏倒

已經退伍幾落年，閣接到
召集令，我要閣做二年兵

這個夢，重複值我e夢中，已經
二十三年，醒來時，我總是
歸身軀無力

無情e時代，用無比e壓力
將殘酷e夢，植入生命
若親像手銬腳鐐
無法度脫逃

我嘸是勇敢e人

二〇〇一・一・一

退伍令沒有消息

我的同伴在軍隊的叛亂中死亡
他的媽媽聽到消息
無聲昏倒

已經退伍好幾年，又接到
召集令，我要再當二年兵

這個夢，重複在我的夢中，已經
二十三年，醒來時，我總是
渾身無力

無情的時代，以其無比的壓力
將殘酷的夢，植入生命
彷彿手銬腳鐐
無法脫逃

我不是勇敢的人

二〇〇一・一・一

動作詩

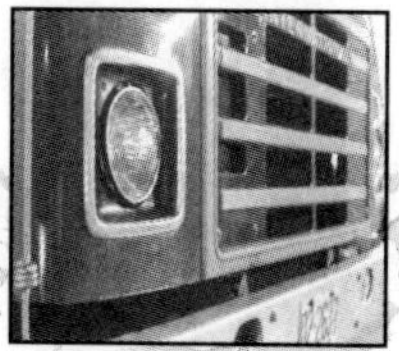

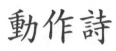

看世運跳懸比賽

蘊藏一粒小火山e熱力
值腳後蹬（tinn1）
彼個跳懸選手
踞咧，闔踦起來
做預備動作

金色日頭光予伊
翠綠色e衫更加
翠綠
汗，值伊棕色e肩胛頭
湊湊滴

只差三公分，伊道拍破
世界記錄

譯

看世運跳高比賽

蘊藏一粒小火山的熱力
在腳後跟
那個跳高選手
蹲下，又站起來
做預備動作

金色陽光給他
翠綠色的汗衫更加
翠綠
汗，在他棕色的肩胛上
往下滴

只差三公分，他就打破
世界記錄

黑色跳竿停值半空中
是三百萬年來，人類e極限
挑戰、藐視所有運動者
e才情

風微微仔吹
雲值天頂
運動場一片
緊張

嘸肯屈服，已經二遍跳無過
彼個選手，繼續踞落去閣
踦起來
伊掠好跳竿合伊e距離
放開束縛伊e
關節
所有e觀眾攏

黑色跳竿掛在空中
是三百萬年來，人類的極限
挑戰、藐視所有運動員
的能力

風兒微動
雲在天際
運動場一片
緊張

不肯放棄，已經二次不過竿的
那個選手，繼續蹲下身子又
站起來
他算好跳竿和他的距離
放開束縛他的
關節
所有的觀眾都

恬去
會凍感覺心臟
碰碰叫

伊輕喝一聲
走真緊，屈腰，腳尖點地
偏身，歸身軀掀懸
像一尾擲〔chok8〕出水面e魚
跳過竿頂，落值
彼爿

觀眾大聲喝采
伊拄拄好跳過
二三九公分

二〇〇一・三・廿

無聲
可以感覺心臟的
跳動

他輕喝了一聲
快跑，彎腰，腳尖點地
偏身，整個身子掀高
像一尾衝出水面的魚
越過竿子，落在
那邊

觀眾大聲喝采
他剛好跳過
二三九公分

二〇〇一・三・廿

追捕

phiang！phiang！phiang！
警察向一樓e客廳開三槍
厝外大街e車駛過，咻咻咻，親像一支
一支e箭
厝四周已經千軍萬馬，警車e紅燈
閃閃熠熠
時間是中晝十二點四十分

彼個青年犯人值三樓e房間
跳起來
無顧才睏中晝，只穿內衫內褲
伊衝出房間，
未記得向室內生產無外久e某

譯 追捕

碰！碰！碰！
警察朝一樓的客廳開三槍
屋外大街的車子駛過，咻咻咻，彷佛一
支一支的箭
屋子四周已是千軍萬馬，警車的紅燈
閃爍
時間是中午十二點四十分

那個青年犯人在三樓的房間
跳起來
不顧剛睡午覺，只穿著內衣褲
他衝出房門
忘記向室內生產不久的太太

告別，伊闖向樓梯
闖向四樓
闖起值厝尾頂

警察e行動比伊閣卡緊
也逐夠厝尾頂

伊走，位一個厝頂走過一個厝頂
一間、二間、三間
伊連走帶爬，值連接e厝頂
向前一直走
一配瓦片予伊踢落土腳墜向大街
粉身碎骨

伊走，phinn3 phinn3喘
遠遠有藍色e天
有自由e白雲
但是，伊無時間看

告別，他奔向樓梯
奔向四樓
奔向屋頂

警察的行動比他更快
也追到屋頂

他跑，從一個屋頂跑過另一個屋頂
一棟、二棟、三棟
他連走帶爬，在連綿的屋頂
向前一直跑
一片瓦片被他踢到樓下墜向大街
粉身碎骨

他跑，吁吁地喘著
遠方有藍藍的天空
有自由的白雲
但是，他沒時間看

三個警察逐值後壁 e 厝尾頂
大喝：莫走！
又是三槍：
phiang！phiang！phiang！

伊突然看見前面已經無路
對面雖然猶有一片厝頂
但是予五公尺以上 e 橫溝隔開
橫溝之下是一條巷仔
假那萬底深坑
伊停咧，伊喘，伊躊躇
伊無自信，伊嘸敢跳

警察大喝：
你走未去了！
趕緊投降！
又閣是三槍：

三個警察追逐在後頭的屋頂
大叫：不要逃！
又是三槍：
碰！碰！碰！

他忽然看見前面已無去路
對面雖然還有一片屋頂
但是被五公尺以上的橫溝隔開
橫溝之下是一條巷子
彷彿萬丈深淵
他停住，他喘息，他躊躇
他沒信心，他不敢跳

警察大喊：
你跑不掉了！
趕快投降！
又是三槍：

phiang！phiang！phiang！

伊仆倒，頭殼槓著瓦配
滿面流血
但是，伊無中槍
三秒鐘後，伊爬起來
倒退三步，走真緊
親像一隻鷹鳥，歸身軀
飛起來
伊跳過橫溝
落值另外一爿e厝頂

伊斡頭，看見三個警察
嘸敢跳過來
伊真歡喜
發出快樂e笑聲
伊繼續按一個厝頂攀過

碰！碰！碰！

他仆倒，額頭撞到瓦片
滿臉是血
但是，他沒中槍
三秒鐘後，他爬起來
倒退三步，跑得很快
像一隻巨鷹，整個身子
飛起來
他跳過橫溝
落在另一邊的屋頂

他轉頭，看到三個警察
不敢跳過來
他很高興
發出快樂的笑聲
他繼續由一個屋頂爬過

一個厝頂
位一個人家厝e後壁梯
爬落來
攀過幾個牆仔
確定警察揣無伊
伊放心走向另一條大街
想卜走入對面e大公園
靴有伊早道準備好e
匿藏e所在

可惜，一台駛真緊e計程車
斡彎過來
將行夠街中央e伊撞出二十公尺之外
伊倒值街路，排仔骨斷幾咯枝
正腳一生殘廢

這幕畫面，值我e腦海中存在足久

一個屋頂
從一個人家的屋頂後附梯
爬下來
再攀過幾道牆
確定警察找不到他
他放心走向另一條大街
想走到街對面的公園
那兒有他早就準備好的
藏身的地方

可惜，一輛速度很快的計程車
轉彎過來
將走到街中央的他撞出二十公尺以外
他倒在街上，肋骨斷了好幾根
右腳一生殘廢

這一幕畫面，在我的腦海中存在很久

嘸知是位電影看來 e
抑是一個白色恐怖 e 受難者給我講
e 故事

二〇〇一・一・廿九

不知道是從電影裡得到的印象
還是一個白色恐怖的受難者向我說
的故事

二〇〇一・一・廿九

現代機器

阿勇仔合砂石仔車

載五噸以上e溪砂
彼台砂石仔車，位溪底爬起來
歸身軀攏是水，湊湊滴
假若親像地獄e死神
降臨人間

烏色，鐵板〔pang1〕攏漆烏色
糊一寡爛土，烏漉漉
伊霧〔bu7〕出烏煙，phinn3 phinn3喘
徙動，像一座山
十二個大輪，將溪岸e路
軋〔kauh4〕加碎鹽鹽

阿勇仔來夠大街路e銀行交房屋稅

譯 阿勇和砂石車

載了五噸以上的砂石子
那輛砂石車，從溪底爬上來
全身淌著水，往下滴
就像地獄來的死神
降臨人間

黑色，鈑金都漆上黑色
糊一些爛泥巴，烏漆麻黑
它吐著黑煙，喘息
移動，如一座小山
十二個大輪子，把溪邊的路
輾碎了

阿勇來到大街的銀行繳房屋稅

自國中開始，伊就替阿爸做交稅e空課
夠現在已經二年，才知
台灣萬萬稅

伊頭犁犁，值銀行e櫃台前
合人排隊，手园值褲袋仔內
將六千箍e銀票掟〔tinn7〕按按〔an3-an3〕
時間是熱天下晡二點半
期限夠位，繳稅e人有夠濟
嘻嘻譁譁，無人知
大禍已經臨頭

彼台砂石仔車，以王者e姿勢
位郊外e點仔膠路，駛入大街
即刻霸佔路面
伊發出pomn3 pomn3叫e喇叭聲
假那海上駛動

從國中開始，他就替父親做繳稅的工作
到現在已經二年了，才知道
台灣萬萬稅

他低著頭，在銀行的櫃台前
排隊，手放在口袋裡
將六千元的鈔票捏緊
時間是夏天午時二點三十分
期限已屆，繳稅的人很多
聲音喧譁，沒人知道
大禍臨頭

那輛砂石車，以王者之姿
從郊外的柏油路，駛入大街
立即占領路面
它發出吼叫的喇叭聲
有如海上駛動

e大船

烏色e輪，軌出二條長長長e痕
飆車e少年攏放慢速度
小車閃避路邊
伊小可跳一下
街仔路e店
同齊震動

阿勇仔一直等前面e人納錢
一個、二個、三個，估計要閣五個人
才輪著伊

伊真感〔chheh4〕人插隊
感覺一寡大人真無守規矩
社會課e老師講台灣猶嘸是文明國家
因為百姓未曉排隊
確實有理

的大船

黑色的輪子，輾出了二條長長的車痕
飆車的少年都放慢車速
小車子閃避於路邊
它略微跳一下
街道的店舖
一齊震動

阿勇一直等前面的人繳錢
一個、二個、三個，估計還要五個人
才輪到他

他很厭惡有人插隊
感到一些大人很不守規矩
社會科的老師說台灣還不是文明國家
因爲百姓不懂排隊
確有道理

砂石仔車通過一個閣一個青紅燈
十字路ロe車好親像受著驚惶
攏嘸敢振動，等伊通過
才恢復交通
伊繼續將烏煙霧值街仔路
予街仔路e四邊罩著
一層e茫霧

就在銀行前三十外公尺e所在
一台小貨車位小巷
洶洶駛出來大街
擋值砂石仔車e
頭前

講卡慢，彼時卡緊
千鈞一髮中，彼台砂石仔車
偏一個身，假那一座烏色e大火

砂石車通過一個又一個紅綠燈
十字路口的車子好像受了驚嚇
都不敢動，等它通過之後
才恢復交通
它繼續將烏煙吐在街路間
使馬路四周籠罩了
一層煙霧

就在銀行前三十公尺的地方
一輛小貨車從小巷
突然衝進大街
擋在砂石車的
前面

說時遲，那時快
千鈞一髮中，那輛砂石車
偏了一下身子，好像一座黑色的大火

燒向倒手爿e街路店

拄好輪著阿勇仔納錢
伊行進前一步，夠櫃台邊
將六千箍合稅單
提向櫃台頂
才看著今仔日換一個真穗〔sui2〕e
出納小姐，有淡薄仔像深田恭子
伊感覺真歡喜

就在彼時，阿勇仔感覺有一陣
呼呼叫e聲位街仔路一直來
一陣風位大門搧入來
Piang2！一聲，大門e玻璃歸片崩落
值天崩地裂中，伊看著一座烏色e山
撞入銀行，撞碎正手爿大理石e櫃台
撞入銀行後壁e牆，撞入金庫內
卡死值彼爿e防火小巷內

燒向左邊的商店

剛好輪到了阿勇繳錢
他向前走一步，到櫃台邊
把六千元和稅單
拿上櫃台
才發現今天換了一位漂亮的
出納小姐，有點像深田恭子
他感到很高興

就在那時，阿勇感到有一陣
呼嘯的聲音從街上一直傳來
一陣風從大門搧了進來
轟！一聲，大門的玻璃碎落地面
天崩地裂中，他看到一座黑色的小山
撞入銀行，撞碎右手邊大理石的櫃台
撞入銀行後面的牆壁，撞入金庫
卡死在那邊的防火小巷裡

銀行一片e哀天叫地
伊予人擠倒值土腳
真緊，伊爬起來，向大門外一直走一直走
伊走向大街，走夠十字路口一間7-11
停咧，伊大氣喘未離
佳哉！六千箍猶掟值手中
阿爸講，無論安怎，錢一定
未使拍嘸見

二〇〇一・三・一

銀行裡一片呼天搶地
他被人擠倒在地上
很快的，他爬起來，往大門外直跑
他跑向大街，跑到十字路口一家7-11
停止，他用力喘氣
眞幸運！六千元還緊握在手中
父親說：無論如何，錢一定
不能遺失

二〇〇一・三・一

波音七四七

一隻幾咯丈e飛機
停值機坪，將候機室e窗仔門
遮一半
白金色e大翅股伸向兩爿
金滑e頭部若尖圓e大砲彈
三樓懸e機身圓輪輪、膨脹，假那
海翁e腹肚
飛機輪仔瘦閣矮，予人懷疑哪有法度撐起
遮呢大e身軀
伊雄霸值蔣介石機場
發出白爍爍〔siak8〕e光
時間是上午十點二十分
西北航空公司第八〇一班次

譯 波音七四七

一架好幾丈的飛機
停在機坪，將候機室的窗戶
遮了一半
白金色的大翅膀伸向兩邊
圓滑的頭部好像圓形砲彈
三樓高的機身滾圓、膨脹，宛若
鯨腹
飛機的輪子又瘦又矮，叫人懷疑哪能撐起
這麼大的身體
它雄踞蔣介石機場
發出白色的光
時間是上午十點二十分
西北航空公司第八〇一班次

阿星、阿榮、阿旭三兄弟同齊拖一個
大皮箱
卜轉去加州
最近殷值台北出唱片來做廣告
值電視節目唱歌
本成唱片公司卜安排一群歌迷
來機場送別，嘸閣予大兄阿星拒絕
阿爸坦白給殷講：
「唱歌無了時，轉去台灣唱歌只是
一種趣味，台美人應該值美國
求發展，認真讀書才有出路。」
真八世事e阿星早就考入加州一個
大學e醫學院，將來卜做醫生

三個兄弟這時心內歡喜，也有一種稀微
殷頭剌剌行入登機通道，三個人嘴內攏哺
樹奶糖，染成金黃色e頭毛

阿星、阿榮、阿旭三兄弟一起拖了一個
大皮箱
要回加州
最近他們在台北出唱片做宣傳
在電視節目上唱歌
本來唱片公司要安排一群歌迷
到機場送行，不過被大哥阿星婉拒
父親曾坦白地告訴他們：
「歌唱之事只是暫時，回台灣唱歌不過是
一種興趣，台美人應該在美國
求發展，認眞唸書才有前途。」
很懂事的阿星早就考入加州一所
大學的醫學院，將來要當醫生

三個兄弟這時心裡高興，也有一種落寞
他們低頭走入登機通道，三個人口裡都嚼
口香糖，染成金黃色的頭髮

值通道e水銀燈下
閃閃熠熠

飛機發出一陣刺耳e機器聲
伊旋轉伊e身軀，慢慢駛入跑道
閣停好勢，正對前方e白雲
伊開始奔走，展開本來道展開e翅
收起伊e腳，夯懸伊e頭殼
咻！伊爬懸，拖一條長長e煙
向空中形成十五度
飛向遠遠e藍天
值天邊慢慢變做一隻
掌大e鳥仔

阿星、阿榮、阿旭坐值普通客艙
大約值機尾e所在，這是
唱片公司e安排
事前經理有向殷會失禮，講是

在通道的水銀燈下
閃閃爍爍

飛機發出一陣刺耳的機器聲
它旋轉它的身子，慢慢滑入跑道
又停好，正對前方的白雲
它開始奔跑，展開本來就展開的機翼
收起腳，抬頭
咻！它拔高，拖著一條長長的煙霧
向空中形成十五度角
飛向遠遠的藍天
在天邊慢慢變成一隻
掌大的小鳥

阿星、阿榮、阿旭坐在普通客艙
大約在機尾的地方，
這是唱片公司的安排
事前經理已向他們道歉，說是

頭等客艙已經無位
不而過，殷也無第二句話
殷坐值靠倒手爿窗仔口這排e座位
阿星會凍位身邊e小窗看著機下
大地e景色，只有五分鐘，台灣島
已經消失形影
飛機下現出碧綠色e太平洋海水
頂面罩一椽〔ian5〕水煙，就親像
殷唱歌時舞台放出來e
茫霧

飛機開始拔身，將伊e頭殼夯愈懸
咻！咻！咻！假那一枝箭，射向
天頂，伊撞過厚厚e雲層
上升夠赤炎日頭e
藍色空間

頭等客艙已經沒有位子
不過，他們也沒抱怨
他們坐在左手邊靠窗的位置
阿星可以由身邊的小窗看到飛機底下
大地的景色，只經過五分鐘，台灣島
已經消失無蹤
飛機底下現出碧綠色的太平洋海水
水上罩了一層薄霧，就像
他們唱歌時舞台釋放的
乾冰

飛機開始拔高，它將頭部拉直
咻！咻！咻！好像一支箭，射向
蒼穹，穿過了厚厚的雲層
上升到太陽當空的
藍色空間

阿星聽一陣音樂了後，將耳機剝落來
窗外太平洋e海水早道失去蹤影，下面
只是一片連湠千里e雲海
只有三十分鐘，段已經上升
夠萬外公尺e空中
阿榮合阿旭被機壁頂e銀幕吸引，因為
銀幕上有最近麥克傑克遜巡迴
亞洲e演出
數萬人擠值曼谷表演場看表演。雖是
老將
但是伊e舞步猶原是靴呢敏捷
三年前段投入歌唱空課e時，阿星兄弟
道想有一日
會凍變作國際明星，可惜段e歌聲只有
值台灣
才有市場，拍未入去其他e所在，甚至
只有一寡
ＲＡＰe歌才有人聽，段只好紹介

阿星在聽了一陣音樂之後，將耳機拔下
窗外的太平洋海水早就失去蹤跡，底下
只是一片連綿不絕的雲海
只須三十分鐘，他們已上升
到一萬多公尺的高空
阿榮和阿旭被機艙的銀幕吸引住，因爲
銀幕上正播映最近麥克傑克遜巡迴
亞洲演唱實況
數萬人擠在曼谷表演場看表演，雖是
老將
但是他的舞步仍然是那麼敏捷
三年前他們投入歌唱工作時，阿星兄弟
就想有一天
會變成國際明星，可惜他們的歌聲只有
在台灣
才有市場，打不進其他地方，甚至
只有一些
ＲＡＰ的歌才有人喜歡，他們只好介紹

美國e流行舞步
來吸引青少年，殷真失望，而且殷
慢慢成年
離開青少年愈來愈遠
阿爸講：「閣予恁外𩛩，恁嘛干擔會凍
流行一陣，恁大漢，道予時代放捨。」
阿星感覺阿爸確實是
先知先覺

經過日本小休睏，二點鐘後
飛機值一萬公尺e高空繼續前進
唔唔〔hm3〕叫e聲響值
沉靜e空間
地面上無人有法度看出
伊e影跡
阿星發覺這隻飛機有龜怪是值

美國流行舞步
好吸引青少年，他們很失望，並且他們
慢慢成年
離開青少年愈來愈遠
父親說：「縱使你們再厲害，也只能
流行一陣子，你們長大，就被時代遺棄。」
阿星深感父親確實是
先知先覺

經過日本稍微休息，二個鐘頭後
飛機在一萬公尺的高空繼續前飛
嗡嗡的叫聲響動在
寂靜的空間
地面上的人無法看出
飛機的蹤跡
阿星發現這架飛機有異樣是在

空中小姐提午餐予殷e時陣
三兄弟同齊點一份義大利麵合紅葡萄酒
值彼時，機身假那撞著壁，歸個攏
顫起來
二爿機翅搖搖顯顯〔hwn2〕
空中小姐靠偎椅仔邊才踦牢腳步
廣播馬上播出飛機進入無穩定e
氣流中
阿星緊張一下，看著真穗〔sui2〕e
空中小姐
笑吻吻，伊才放心吃飯
殷三兄弟飲〔lim1〕幾咯杯酒後，合
大家同齊睏去
因為要閣十點鐘，殷才會降落
加州e機場
現在猶閣值太平洋e西岸
飛機撞過一層閣一層e氣流

空中小姐拿午餐給他們的時候
三兄弟同時點一份義大利麵和紅葡萄酒
就在那時，機身彷彿撞上牆壁，機身
顫動厲害
二邊的機翼搖搖晃晃
空中小姐靠向椅背才站穩腳步
廣播器馬上播出飛機進入不穩定的
氣流中
阿星緊張了一下，看了看頗漂亮的
空姐
一臉笑容，他才放心吃飯
三兄弟喝了幾杯酒後，和
乘客一齊睡去
因爲必須再十個鐘頭，他們才會降落
加州機場
現在仍在太平洋的西岸
飛機撞向一層又一層的氣流

兩爿翅股嘩嘩叫，機身顫夠
強卜拆開，phi7phi1 phe3pheh8
假那行值石頭仔路e公共汽車
機尾有時涺〔chheng3〕懸有時涺下
強卜脫離機身
伊konn3 konn3叫，盡伊e力
繼續前進

phong2！一聲大響，將阿星驚醒
伊發覺
飛機假那予一粒大岩石損著，歸個機身
歧〔khi1〕一爿，艙頂e物件落落落來
機內一片喝休
阿星真緊將二個小弟喊醒，大聲叫殷
將皮帶縛按〔an5〕，三個人同齊給氧氣罩
提值手中
空中小姐馬上出現，講飛機無穩定

兩邊的機翼嘩嘩響著，機身震得
就要散開，嘩嘩直響
好像行走在石頭路上的公共汽車
機尾有時掀高有時壓低
彷彿就要脫離機身
它吼叫著，盡力
繼續前飛

碰！一聲巨響，把阿星驚醒
他發覺
飛機好像被一顆大岩石擊中，整個機身
偏了一邊，機艙上的東西落下來
機上一片呼叫
阿星很快將二個弟弟叫醒，大聲叫他們
把皮帶繫緊，三個人一齊把氧氣罩
拿在手上
空姐馬上出現，說飛機不穩定

即刻需要降下高度
才講了，飛機失去向前e衝力，一直降下
假那坐電梯，所有e人強卜浮起來
塑膠紙飛向艙頂，一時頭眩目暗
阿星直覺大事不妙，歸身軀冷汗，伊將
二個小弟攬偎來，嘸肯說出
尚壞〔bai2〕e一句話

一陣天昏地暗，阿星感覺位一個空間
跋落另外一個空間
最後假那去予啥麼物件撐浮起來，終於
飛機穩定落來，繼續
往前飛

阿星目珠八金，將二個小弟放開
才看著窗外下面，一片碧綠色e
太平洋海水
廣播講：一切攏真正常

即刻需要降下高度
才說完，飛機失去向前的衝力，一直下降
好像坐在電梯裡，所有的人像要浮升起來
塑膠紙袋飛向艙頂，一時頭暈目眩
阿星直覺大事不妙，全身冒冷汗，他將
二個弟弟抱著，不肯說出
最壞的一句話

一陣天昏地暗，阿星感到他由一個空間
跌向另一個空間
最後彷彿被什麼東西撐住，終於
飛機穩定下來，繼續
往前飛

阿星眼睛張開，將二個弟弟放開
才看到窗外，一片碧綠色的
太平洋海水
播音器說：一切都很正常

現在距離海平面
一千五百公尺

阿星吐一口氣，假那經過一場
激烈e演唱會，面色白皙殺
只要閣十秒鐘，殷道
葬身海底

三兄弟值加州e機場落機
拖著大行李，位光燦燦〔chhann3〕e
機場大門行出來
殷將手牽按按，攏無講話
阿星一定要去醫學院註冊
阿二個小弟嘛馬上道要去高中
繼續上課

二〇〇一・二・十四

現在距離海平面
一千五百公尺

阿星吐了一口氣，彷彿經過一場
激烈的演唱會，臉色皙白
只要再十秒鐘，他們就
葬身海底

三兄弟在加州的機場下飛機
拖著大行李，從光燦無比的
機場大門走出來
他們的手緊握在一起，不說話
阿星必須馬上去醫學院註冊
至於二個弟弟也要即刻到高中去
繼續上課

二〇〇一・二・十四

寓言詩

兩粒種籽

第一年e春天，詩人節夠位
小鎮上尚有名e外來大詩人和所有e住民
來夠公園，飲酒、作詩
住民隨手值園內撢〔tan3〕落
一粒含笑花e種籽，是來自
偏僻路邊e一粒種籽
詩人也隨手值家己e頭殼內
種下一粒通光e種籽，是來自
天頂虛無之國

詩人踦值公園演講台頂
開始唸詩，日頭位東爿e山嶺
放射金色光芒，百花昭開
詩人合群眾同齊出聲

譯

兩顆種子

第一年的春天，詩人節到了
小鎮上最有名的外地大詩人和所有住民
來到公園，飲酒，作詩
住民隨手在公園裡丟下
一粒含笑花的種籽，是來自
偏僻路邊的一粒種籽
詩人也隨手在自己的頭顱裡
種下一粒透明的種子，是來自
天上的虛無之國

詩人站在公園的演講台上
開始唸詩，太陽從東邊的山崚
放射金色的光芒，百花俱開
詩人和群眾一齊頌詩

聲中有喜也有悲

第二年e春天，詩人節
詩人合住民閣來公園唸詩
含笑花已經發葉生枝
展開一尺之身
有清芳e味
住民有人偷偷為含笑花寫一、二首詩
可惜無人敢唸出來
這時e詩人已經身價不凡
伊頭殼頂早道發一欉虛無之樹
紅色通光e樹枝、藍色通光e樹葉
是詩人用戰場火藥培養長大

詩人踦值演講台唸虛無之樹e詩
聲音有閃電e光合炸彈哮叫e聲
百花驚惶，日頭變色

聲音中有喜亦有悲

第二年的春天，詩人節
詩人和住民又來公園頌詩
含笑花已經生出枝葉
展開一尺之身
有芬芳的氣味
住民有人偷偷爲含笑花寫了一、二首詩
可惜沒有人敢唸出來
這時的大詩人已經身價不凡
他頭顱上早就長出一棵虛無之樹
紅色透明的樹枝、藍色透明的葉子
是詩人用戰場上的火藥培養長大

詩人站在演講台上唸虛無之樹的詩
聲音裡有閃電和炸彈的吼叫
百花驚惶，太陽變色

一部分e群眾逃走
一部分e群眾拍曝〔phok8〕仔

二十年後e春天，共款詩人節
詩人閣合住民來公園
含笑花已經變作二十叢
白色花予人精神振作
住民有愈濟人為含笑花寫詩
可惜猶是無膽唸詩
這時，大詩人已經添一寡歲數
加真老款，但是伊頭殼e虛無之樹
遮天蔭地，黃色e花開滿空中
是伊用一百萬個流亡者e屍體
養飼大漢

詩人踦值演講台唸詩
詩句響亮逃亡、悲慘、憤怒e叫聲
坐值含笑花叢腳群眾聽無

一部分的群眾逃走
一部分的群眾拍手

二十年後的春天，一樣是詩人節
詩人又和住民到公園
含笑花已經變成二十棵
白色的花讓人精神振作
住民也愈來愈多的人寫含笑花的詩
可惜仍然沒膽子吟頌
這時，大詩人已多了一些年紀
略有老態，但是他頭顱上的虛無之樹
遮天蔽地，黃色花朵開滿空中
是他用一百萬個流亡者的屍體
養大

詩人站在演講台上唸詩
詩句響亮、逃亡、悲慘、憤怒之聲
坐在含笑花叢下的聽眾不懂

慢慢離開

四十年後，共款時陣
大家閣來公園
含笑花已經變作四百叢，將公園崁滿
清香勝過一千瓶芳水
住民已經寫無數含笑花e詩
有人偷偷唸詩，可惜無人
認定殷家己寫e詩是詩
大詩人已經白髮蒼蒼，曲痀衰弱
伊頭殼頂虛無之樹已經十層樓懸
枝葉直湠虛無之國，是由虛無之魔親手
栽培大欉，詩人表示這是伊最後
一場演出，希望大家捧場
詩人踦值演講台上開始唸詩
聲音完全變款，是直接由虛無之魔

慢慢離開

四十年後，同樣時節
大家又到公園
含笑花已經變成四百棵，將公園佔滿
芳香勝過一千瓶香水
住民已經寫了無數含笑花的詩
有人偷偷唸誦，可惜沒有人敢
認定他們自己寫的詩是詩
大詩人已經白髮蒼蒼，彎腰駝背
他頭顱上的虛無之樹已經十層樓高
枝葉直達虛無之國，是由虛無之魔親自
培養長大，大詩人表示這是他最後
一場演出，希望大家捧場
大詩人站在演講台上開始頌詩
聲音完全變調，是直接由虛無之魔

控制e聲，每一句攏是毀滅合死亡
e請求，使人魂魄強卜夭亡
伊唸完詩，合虛無之樹
慢慢飛升，最後消失
值空中

失去大詩人，小鎮e住民真嘸甘
不過殷真緊道決定，後一擺
詩人節，殷卜唸家己e詩，正式承認
家己寫e詩是詩，嘸管如何，含笑花e詩
總比虛無之樹e詩卡好理解
殷估計，後一擺詩人節會有
一百個住民
唸詩，夠時一定鬧熱彩彩

二〇〇一・二・廿八

控制的聲音，每一句都是毀滅和死亡
的請求，叫人魂魄夭亡
他唸完詩，和虛無之樹
緩緩飛升，最後消失
在空中

失去大詩人，小鎮的人俱感惋惜
不過他們很快決定，下一次
詩人節，他們要唸自己的詩，正式承認
自己寫的詩是詩，不論如何，含笑花的詩
總比虛無之樹的詩好瞭解
他們估計，下一次詩人節將會有
一百個住民
頌詩，到時候一定非常熱鬧

二〇〇一・二・廿八

阿嬤e世界

小漢値戲院看歌仔戲

一束長長e頭鬃
位銀簪e拘束中墜落
siak8！一聲
親像一道黑色e
閃電，黑森森〔sim3〕
浮値酸軟e
弦聲中

紅葩葩e戲服
親像血
位倒落e萬里長城
夠開封府
夠戲棚

譯 小時候在戲院看歌仔戲

一束長長的頭鬃
從銀簪的拘束中墜落
嗖！一聲
彷彿一道黑色的
閃電，黑得發亮
浮在酸軟的
弦聲中

朱紅的戲服
彷彿血
從坍塌的萬里長城
到開封府
到戲棚子

浸浸〔chim7〕流
金黃色e三寸金蓮
若月眉
被束縛值行未開腳e
黑暗天地中
三步一顛〔tiann1〕
四步一倒

二千年，所有查某人e
怨嗟
攏隱藏值哭調之中
值遮，用放送機
加倍放大

我想卜逃離戲院，走揣
自由e世界

汩汩地流
金黃色的三寸金蓮
如弦月
被束縛在難以行走的
黑暗天地中
三步一顚
四步一躓

二千年，所有女人的
哀怨
都隱藏在哭調之中
在這兒，用擴音器
加倍放大

我想逃離戲院，找尋
自由的世界

媽媽將我楸牢，講：
戲當好看，死囝仔
未使走！

二〇〇一・三・廿八

媽媽將我抓牢，說：
戲正精彩，小孩子
不許走！

二〇〇一・三・廿八

面相術

眼淚

鹹味，圓形
一粒或是一串
無佔外大e空間
卻隱藏無法度估計e重量

珍珠共一般明耀
自生値目睭之中
伊滴落
有星球破裂e聲

千萬蕊e花因伊失色
萬里e藍天崩落
値無法度阻止e墜落合墜落之間
無人有法度擋住伊e衝擊

眼淚 譯

鹹味，圓形
一粒或是一串
不佔多大的空間
卻隱藏無法估計的重量

珍珠一般的明亮
產自眼眶之內
她滴落
有星球破裂之聲

千萬朵花因她失色
萬里藍天崩落
在無法阻止的墜落與墜落之間
沒有人可以阻擋住她的衝擊

唔管是細聲啼哭
抑是放聲大嚎
攏是江洋大水

金錢喪失免不了
愛情成灰走未去
上驚心動魄e是：
母親失去伊e子兒

不分地球角落，不分膚色
凡是眼淚，一體感動眾人
伊滴落土腳，浸澹礁燥
e人間

替伊拭礁是唯一e辦法
緊卡贏慢
眾手卡贏一隻手

二〇〇一・二・十六

不管是小聲啼泣
或是放聲大哭
都是江洋大水

金錢喪失免不了
愛情成灰避不開
最驚心動魄的是：
母親失去她的子女

不分地球角落，不分膚色
凡是眼淚，一體感動眾人
她滴落在地上，浸濕乾燥
的人間

替她拭乾是唯一的辦法
快好於慢
眾手好於一隻手

二〇〇一・二・十六

皺紋

大地有眾水分割
樹皮有坎坷必皴〔chhuann1〕
人e面容如何能免？

直e，橫e
攏真自然
深e，淺e
各不相同
值不知不覺中編成
一幅生命之網

有時集中
有時散開
壯年人大痕無數

譯 皺紋

大地有眾水分割
樹皮有坎坷皴裂
人的面容如何能免？

直的，橫的
都很自然
深的，淺的
各不相同
在不知不覺中編成
一幅生命之網

有時集中
有時分散
壯年人大痕無數

假那刀尖刻過
阿老人滿面是紋
假那必開旱地

一條皺紋，是一條閃電
從天降落面上
予你無法度閃避
你斡頭嘸看
卻看值別人眼中
你想卜掩面
卻響亮時間之聲

額頭紋，猶無要緊
代表經歷
鼻邊深紋
代表智慧
阿若目尾紋，道卡麻煩

如同刀尖劃過
至於老人滿面是紋
如同裂開的旱地

一條皺紋，是一道閃電
從天而降
叫你無法閃避
你轉頭不看
卻看在別人眼裡
你想掩面
卻響亮時間之聲

額頭紋，還不打緊
代表經歷
鼻翼皺紋
代表智慧
至於魚尾紋，就麻煩

已經衰老
是春天既逝
秋天降臨e表示
是一度朝陽e掩息
漸成黃昏e告知

獨獨有福e人
才會凍接納皺紋
加一條皺紋，代表克服時間
無數皺紋，代表嘸肯向死亡頓〔tam2〕頭

二〇〇一・二・十七

已經衰老
是春天既逝
秋天降臨的表示
是一度朝陽的消逝
漸成黃昏的告知

獨獨有福的人
才能夠接納皺紋
多一條皺紋，代表克服時間
無數皺紋，代表不肯向死亡點頭

二〇〇一・二・十七

感嘆

看一個奇蹟，看一個錯誤
看別人e高明，看家己e微小
咱會感嘆

啊——

啊——，長長e一聲
位胸仔夠空中，伊畫出一條虛無e線
是放鬆，也是讓出一切

無論是聖者抑是愚昧
共款感嘆
是神e禮物
非比平常

譯

感嘆

看一個奇蹟，看一個錯誤
看別人的高明，看自己的渺小
我們會感嘆

啊——

啊——，長長的一聲
從胸中到空中，她畫出一條虛無的線
是放鬆，也是讓出一切

無論是聖者或愚昧
同樣感嘆
是神的禮物
非比尋常

嘸管是欽佩抑是可惜
伊交出你e心

是咱猶未忘記咱e謙卑合憐憫
好親像對存在e世間
做最深e估計
不知不覺，咱
發出聲

啥人講人要吞忍一口氣
咱應該釋放咱e感嘆
值萬花開謝e時
值日頭升落e時

二〇〇一・三・廿五

不管是欽佩或是惋惜
她交出你的心

是我們仍未忘記我們的謙卑和憐憫
彷彿是對存在的世間
做了最深的估計
不知不覺，我們
發出聲

誰說人就一定要吞下一口氣
我們應該釋放我們的感嘆
在萬花開謝之時
在日升日落之時

二〇〇一・四・十三

面紅

親像一片e彩雲
位白色e面
飛過
無留影跡
但是，伊e力量
勝過萬句e
自謙

是古意人特有e
物件
一陣面紅，表示人間e
廉恥道義未曾
完全消失

譯 臉紅

彷彿是一片彩雲
從白色的臉
掠過
不留痕跡
但是，她的力量
勝過一萬句的
自謙

是質樸的人特有的
東西
一陣臉紅，表示人間的
廉恥道義未曾
完全消失

予人指出成績無好e囝仔
會面紅
予人恥笑有思春幻想e少年家
會面紅
予人拆破講白賊e宗教徒
會面紅
予人譴責無盡責任e爸爸
會面紅

每一擺e面紅
印入伊e心
值無人看見e所在
流目屎

百種e面紅，有百種e
良心

我應該千般呵咾

被人指出成績不佳的孩子
會臉紅
被人恥笑思春的少年
會臉紅
被人拆穿說謊的宗教徒
會臉紅
被人譴責不盡責任的父親
會臉紅

每一次的臉紅
印在她的心
在無人看見的地方
流淚

百種的臉紅，有百種的
良心

我應該千般贊揚

會面紅e人
是驕傲世間猶底學習e人
是避開不幸e人
是上帝寵幸e人

二〇〇一・三・廿五

會臉紅的人
是驕傲世間仍在學習的人
是避開不幸的人
是上帝寵愛的人

二〇〇一・三・廿五

神祕三卷經

光束經

你看，一束手電仔火e光柱，照值壁頂
現出
一個碗大e光環，假那會凍撞破牆壁
通向另外一個世界

自在四周烏暗e空間
伊產生一個通道
吸住你e眼光
掃除你e無看
白爍爍〔siak4〕

無人有法度徹底了解
光e運動是安怎遮呢緊
大概是地心引力、空氣

譯

光束經

你瞧，一束手電筒的光柱，照在壁上
現出
一個碗大的光環，彷彿可以撞破牆壁
通向另一個世界

在四周俱暗的空間
她產生一個通道
吸引你的目光
掃除你的盲視
白光閃亮

沒有人可以徹底了解
光的運動爲什麼這麼迅速
大概是地心引力、空氣

攏無法度
影響伊

你看未出伊e預備動作
合奔走e姿勢

值咱臨終e時陣，四周烏暗
猶原有一束光，光燦燦
照向遠方，產生通道
你只要順伊奔走，就會走入
萬花昭開，無限翠綠e
新世界

二〇〇一・二・九

都不能
影響她

你看不出她的動作和
奔跑的姿勢

當我們臨終時，四周俱黯
也有一束光，明晃晃
照向遠方，產生通道
你只須順著她奔走，就會奔入
眾花皆開，無限翠綠的
新世界

二〇〇一・二・九

月娘

夜間視物，兼程趕路
你用會著伊

主宰潮汐漲落
人體循環，未有
任何自誇

離咱二百萬哩
揭頭，卻離你
無外遠

有地球五十分之一大
卻親像咱手中e
一塊鏡

譯 月亮

夜間辨物，兼程趕路
你用得著她

主宰潮汐漲落
人體循環，未曾有
任何自誇

距離吾人二百萬哩
抬頭，卻離你
不遠

有地球五十分之一大小
卻彷彿手中的
一面鏡子

日時攝氏一百二十度
感覺卻是溫暖

值萬里無雲e夜晚，伊自在空中
放射光芒，有時只是月眉，卻金熠熠〔si2〕
予人發出驚奇e
感嘆

位東夠西，伊畫出一遭〔chua7〕長長長e
弧線
將寂寞大地之夜
變作詩情畫意

遏止植物瘋狂生長
予雄猛獅豹休睏
同情夜間生物，值微明之中
放出匿藏值岫〔siu7〕內e暗光鳥

白天攝氏一百二十度
感覺上卻是溫暖

在萬里無雲的夜晚，她在空中
放射光芒，有時只是弦月，卻白光閃亮
讓人發出驚訝的
嘆息

自東至西，她畫出一道長長的
弧線
將寂寞的夜
變成詩情畫意

抑止植物瘋狂生長
讓凶猛獅豹休息
同情夜間生物，在微明之中
放出隱匿在巢內的貓頭鷹

無分人種，一律予人
一床月光
無論天涯海角，一律
月印千江

咱靈魂內底，嘛有
一面月，收藏你一生e
作為，閣卡細e代誌
攏記值鏡面
是上帝e創造
只是你無發現
直夠咱臨終e時
道會合伊
相認

二〇〇一・二・九

不分人種，一律予人
一床明月
無論天涯海角，一律
月印千江

我們的靈魂裡，也有
一個月亮，收藏你一生的
作爲，再小的事情
都記在上面
是上帝的創造
只是你沒發現
當我們臨終之時
就會與她
相認

二〇〇一・二・九

咱想未夠e世界

譬如講，有人按呢問：
「我e兄弟得罪我，我應該饒赦伊幾擺？
七擺有夠否？」
彼個世界e主人講：
「嘸是七擺，是七十個七擺！」
彼個世界e規則
咱想未夠

譬如講，是不是應該向仇敵報復
彼個世界e主人講：
「有人打你一爿e嘴phue2，連另外一爿
也予伊打！有人提走你e外衫，連內衫
也予伊！」

譯 我們想不到的世界

譬如說有人這麼問：
「我的弟兄得罪我，我應該原諒他幾次？
七次夠嗎？」
那個世界的主人說：
「不是七次，是七十個七次！」
那個世界的法則
我們想不到

譬如說，是否應該向仇敵報復
那個世界的主人說：
「有人打你一邊的臉頰，就連另一邊
也讓他打！有人拿了你的外衣，就連內衣
也給他！」

彼個世界e規則，咱確實
想未夠

可是彼個世界離咱
無遠
當咱斡一個頭，崎一個身
換一個角度，伊道現身值
咱e眼前，伸手
摸會著
值微笑之中，伊就將咱黑汁汁e身軀
洗清，將咱萬惡e罪孽
免除
這點更加予咱
想未夠

二〇〇一・三・四

那個世界的法則，我們的確
想不到

可是那個世界離我們
不遠
當我們轉個頭，傾個身子
換一個角度，祂就現身在
我們的眼前，伸手
可以摸到
在微笑之中，祂就將我們污穢的身體
洗淨，將我們萬惡的罪孽
免除
這一點更加讓我們
想不到

二〇〇一・三・四

人間小休睏

啊哈哈

——酒桌中，輕鬆講世情

咱歡喜今仔日閣見面啊哈哈
有關行政院合立法院e鬥爭啊哈
你立場是堅決閣起核子廠哈哈
我認為代誌無咱想e靴嚴重，閣起
嘛要了真濟錢啊哈哈

股票市場閣大落啊哈哈
股民哀天叫地啊哈
你總共損失二百萬啊哈
我認為這是平常，頂年
你贏三百萬啊哈哈

小甜甜布蘭妮已經崛起啊哈
麥克傑克遜合瑪丹家娜加真老哈哈

譯

啊哈哈

——酒宴中，輕鬆談世事

很高興今天我們又見面啊哈哈
有關行政院和立法院的鬥爭啊哈
你的立場是堅決贊成續建核電廠哈哈
我認爲事情沒有我們想的嚴重，再建
也要花很多錢啊哈哈

股票市場又大跌啊哈哈
股民搶天呼地啊哈
你總共損失了二百萬啊哈
我認爲事屬平常，去年
你贏了三百萬啊哈哈

小甜甜布蘭妮已經崛起啊哈
麥克傑克遜和瑪丹娜又老了一些哈哈

你感覺值世代e交替中被淘汰啊哈
我想咱無法度阻止時代，以新換舊
是必然啊哈哈

世事變化予人心酸啊哈
年輕抱負變質哈哈
現在你嘸知為何而戰啊哈
一切墜向虛無，已經行夠地球e盡頭哈哈
我想按呢嘛好，莫〔mai3〕閣行，咱道有
一個長長e休睏啊哈哈

二〇〇一．四．六

你感到在世代交替中已被淘汰啊哈
我想我們無法阻止時代前進，以新汰舊
是必然啊哈哈

世事變化叫人心酸啊哈
年輕抱負變質哈哈
現在你不知爲何而戰啊哈
一切墜向虛無，已走到地球盡頭哈哈
我想這樣也很好，不再走，我們就有
一個長長的休息啊哈哈

二〇〇一．四．六

醉落去！

天會跋倒，雲會鑽地
樹會喝喊，水會感冒
見面不相逢
六輪七巧八仙

龜會爬壁，狗會啼光
鳥會吃貓，魚會揭刀
相嚷無出聲
九怪單操二枝

酒會酣眠，箸會減肥
碗會大笑，桌會駛車
愛伊嘸八伊
總出總出總出

譯

醉吧！

天會跌倒，雲兒鑽地
樹木喊叫，水流感冒
見面不相逢
六輪七巧八仙

龜能爬壁，狗能啼光
鳥能吃貓，魚能舉刀
對罵不出聲
九怪單操二枝

酒說夢話，筷子減肥
碗兒大笑，桌子駕車
愛她不識她
總出總出總出

總出啦！
哈哈哈！

二〇〇一・四・五

總出啦！
哈哈哈！

二〇〇一・四・五

一粒天星

閃熠底天邊
閃熠底天邊
一粒黃昏e天星
當我安呢彈吉他唱《黃昏e港邊》e時
碰碰恰恰碰碰恰
已經是深夜
碰碰恰恰碰碰恰
厝內人攏睏去
碰碰恰恰碰碰恰
厝外夜色沉沉
碰碰恰恰碰碰恰
無人攪擾
碰碰恰恰碰碰恰

譯 一顆星星

閃爍在天際
閃爍在天際
一顆黃昏的星星
當我彈吉他唱起《黃昏的港邊》之時
碰碰恰恰碰碰恰
已是深夜
碰碰恰恰碰碰恰
家人都睡了
碰碰恰恰碰碰恰
外面夜色沉沉
碰碰恰恰碰碰恰
無人打擾
碰碰恰恰碰碰恰

我閣再想起五十年歲月
碰碰恰恰碰碰恰
前塵往事，若霧若煙
碰碰恰恰碰碰恰
事業金錢，一無成就
碰碰恰恰碰碰恰
但是，我並無後悔
碰碰恰恰碰碰恰
我賺著一個太太合三個囝仔
碰碰恰恰碰碰恰
猶有合我深深相八e佛陀合耶穌
碰碰恰恰碰碰恰

我閣再一遍順著佛陀合耶穌e話語
碰碰恰恰碰碰恰
值夜空下交出我自己
碰碰恰恰碰碰恰

我又想起五十年的光陰
碰碰恰恰碰碰恰
前塵往事，如霧似煙
碰碰恰恰碰碰恰
事業金錢，一無成就
碰碰恰恰碰碰恰
但是，我不後悔
碰碰恰恰碰碰恰
我賺到一個太太及三個小孩
碰碰恰恰碰碰恰
還有和我深深相契的佛陀和耶穌
碰碰恰恰碰碰恰

我又一次遵循佛陀和耶穌的話語
碰碰恰恰碰碰恰
在夜空下交出我自己
碰碰恰恰碰碰恰

值一無所有中
碰碰恰恰碰碰恰
我發覺
碰碰恰恰碰碰恰
天頂確實有一粒
碰碰恰恰碰碰恰
金熠熠e星
碰碰恰恰碰碰恰

二〇〇一・四・五

在一無所有中
碰碰恰恰碰碰恰
我發覺
碰碰恰恰碰碰恰
天際確實有顆
碰碰恰恰碰碰恰
閃亮的星星
碰碰恰恰碰碰恰

二〇〇一・四・五

歡喜合原住民朋友唱卡拉OK

十二點，遮呢暗咯，大家猶真心適
真失禮，我歌八無濟
應該閣唱啥麼
我嘸知影
恁遮呢熱情
引起我e感動
哪無，安呢啦，嘛好
我唱一條《歸人沙城》
是七〇年代e校園民歌
是嘸是恁e歌
我嘸知影
有誠意

譯 高興和原住民朋友唱卡拉OK

十二點了，這麼晚，大家興致還這麼高
非常抱歉，歌我懂得不多
應該再唱什麼
我不知道
你們如此熱情
令我感動
要不，這樣，也好
我唱一首《歸人沙城》
是七〇年代的校園民歌
是否你們的歌
我也不知道
有誠意

道好

伊娃卡娜醉咯
聽講伊底卜〔the1be1〕結婚
伊仆值桌仔頂
銀色耳鉤叮咚晃〔hinn3〕
看未著面
有可能閣卡穗
嘛有可能閣卡疲勞
但是，伊手猶提一個酒杯仔
叫人給伊倒酒
嘴內猶唱《家住半山腰》

排庫馬來歸個人攏跳起來
提一個麥庫〔mai2khu3〕假那提一個
倒頭栽e酒矸仔
雙手揭過頭殼頂
擔起伊e面

就好

伊娃卡娜醉了
聽說她就要結婚
她俯在桌上
銀色耳環晃呀晃
看不到她的臉
有可能更漂亮
也有可能更疲勞
但是，她的手仍拿著一個酒杯
叫人倒酒給她
嘴裡仍唱著《家住半山腰》

排庫馬來整個人都跳起來
拿一個麥克風彷彿拿一個
開口向下的酒瓶
雙手舉過頭頂
昂臉

唱一條《可憐的落魄人》
伊e皮膚真健康
目珠真大蕾
表情激加真痛苦

蘇拉荷唱《車站》
伊會曉福佬歌
聲音真溫暖
伊是媽媽
需要一寡錢飼伊位山地
帶落來e三個囝仔
少女e時八三擺出現值
電視五燈獎
差一絲仔道做歌星
咱感謝這個保齡球館為咱
附設卡拉OK

唱一首《可憐的落魄人》
他的皮膚眞健康
大眼睛
表情裝得很痛苦

蘇拉荷唱《車站》
她會唱福佬歌
聲音溫暖
她是媽媽
需要一些錢養育她從山上
帶到平地的三個小孩
少女時代她三次出現在
電視五燈獎
差一點就當歌星
我們感謝這個保齡球館爲我們
附設卡拉OK

場地遮呢闊
予咱做夥唱歌

但是，時間已經暗
我明仔早要去教書
恁也要繼續值工廠做工
失禮啦
我先走

二〇〇一・十一・六

場地這麼大
好讓我們一起唱歌

但是，時間已經太晚
我明天一大早就要去教書
你們也要繼續在工廠上班
對不起了
我先走一步

二〇〇一・十一・六

好話集

替烏暗講好話

值無光之中
降臨
我嘸免掀字典
替無相仝e場合出現e妳號名
因為妳攏共款
阮伸手不見五指
無敢伐動腳步
值東手無策e時
第一擺心甘情願
坐落來休睏

勝過百世夫妻e恩愛
妳將我e腳手、胸坎
黏牢

譯 為黑暗說好話

在無光之中
降臨
我用不著翻查字典
替不相同場合出現的妳取名
因爲妳都一個樣
我們終於伸手不見五指
不敢移動腳步
在東手無策時
第一次心甘情願
坐下來歇息

勝過百世夫妻的恩愛
妳將我的手腳、胸坎
緊緊黏牢

我無法度將妳揉〔sak4〕開
妳無形
也無影

一律平等
妳將所有e角落、洞穴
高山、冰原掩崁
將所有高貴、卑鄙
好額、散赤e人攬按〔an5〕

我無須要閣掛目鏡
妳將所有e距離取消

變加真大膽
我頭一遍值眾目金金之前
對青梅竹馬e情人喝聲：
「阿麗仔，我愛妳！」

我無法將妳推開
妳無形狀
也沒有影子

一律平等
妳將所有的角落、洞穴
高山、冰原掩蓋
將所有高貴、卑鄙
富有、貧窮的人攬住

我不須要再戴起眼鏡
妳已經將所有的距離取消

變得大膽
我第一次在眾目睽睽下
對青梅竹馬的情人大喊：
「李美麗，我愛妳！」

感謝妳幫助我完成值
市政府前赤身裸體
走十遍e計畫

予準備射擊e槍
暫時放落來

各種皮膚色緻e人
攏平穗〔sui2〕

日頭更加受歡迎

妳佔領一半卡加e宇宙

原諒我定定未記得咱e親密關係
只要瞌目，妳道
值我身邊
猶有，一旦離開世間，妳是
第一個陪伴我e人

二○○一·六·七

感謝妳幫我完成在
市政府前裸體
奔走十次的計畫

讓準備射擊的槍
暫時放下

各種膚色的人
都一樣美

太陽更加受到歡迎

妳佔領一半以上的宇宙

原諒我常忘記妳我的親密關係
只要閉眼，妳就
在我身邊
還有，一旦離開人世，妳是
第一個陪伴我的人

二○○一·六·七

替禿頭講好話

這個世界若是人人禿頭
才知禿頭e好處未少

並無損失
頭毛並嘸是啥麼
會凍吃e物件

無需要揀佗一牌e
洗髮劑

運動e時，嘸免值頭殼頂
縛一條布條仔

譯 為禿頭說好話

這個世界若是人人禿頭
才會瞭解禿頭的好處不少

並沒有損失
頭髮不是啥麼
能吃的東西

不需要再選哪種品牌的
洗髮劑

運動的時候，不需要在頭上
綁布條

真有氣派
徹底性e禿頭，值日光下
金光閃閃

值眾人之中，上介
被注意

別人會認為你是
好額人

恬恬坐咧，親像
真有思想e人

會凍予囝仔摸你e頭殼
假使你真正愛囝仔

禿頭阿吉仔
這個名真好記

眞有氣派
徹底性的禿頭，在日光下
金光閃亮

在眾人之中，最
被注意

別人會認爲你是
有錢人

靜靜坐著，很像
有思想的人

可以給小孩子摸你的頭
假如你眞的喜歡小孩

禿頭阿吉
這個名字好記

你哪著使用毛盾生髮水？
尤勃連那這個影星比
所有e影星攏卡
性格

二〇〇一・六・九

你何必使用毛盾生髮水？
尤勃連那這個影星比
所有的影星更加
性感

二〇〇一・六・九

爲失戀e人贊聲

嘸是講
下一個會閣卡好
是卜恭喜你結束天下間
尚了時間、精神e
代誌

無需要一日夠暗注意伊
會敲電話來

恢復真正e單身生活
你看我有無限e
可能

我會凍閣合每一個

譯

為失戀的人贊言

不是說
下一個會更好
是爲了恭喜你結束天地間
最花時間、精神的
事情

不需要一天到晚注意她
會打來電話

恢復眞正的單身生活
你瞧我有無限的
可能

我終於能和每一個

查甫囝仔、查某囝仔
自在講話
嘸免掛心啥麼時陣是
情人節

你看，單一個人飲〔liml〕下晡茶
嘛真好

我存在，真正是為我一個人
存在

行過十字路口
只要注意我家己

衫，無需要閣
hiunn2芳水

男孩子、女孩子
輕鬆說話
終於不用再掛意什麼時候是
情人節

你看，單一個人喝下午茶
也挺好

我存在，眞正只爲我一個人
存在

走過十字路口
只要注意我自己

衣服，不必再
洒香水

吃飯，信採道好
駛車，加真緊

以後，我會凍寫
一百首失戀e詩
無定是另一本
但丁e《神曲》

二〇〇一・六・九

吃飯，隨便就好
駕車，更快

以後，我可以寫
一百首失戀的詩
說不定是另一本
但丁的《神曲》

二〇〇一・六・九

替通靈者講好話

伊偃倒五千年來人類歷史上
所有e無神論者
你敢嘸知《聖經》內底e先知
道是通靈者？
知影另外一個世界e
存在
奇蹟，無條件相信
對人類e有限有理解

譯 為通靈者說好話

他打倒五千年來人類歷史上
所有的無神論者
你難道不知道《聖經》裡頭的先知
就是通靈者？
知道另外一個世界的
存在
奇蹟，無條件相信
對人類的有限有所瞭解

腳踏二個宇宙
嘸免閣為死亡做準備
伊知影將來卜去
佗位

無要緊，世間e名利
若浮雲

啥麼！你敢嘸知會凍合神講話
是尚快樂e代誌？

真好！
我是神e子兒

二〇〇一・六・九

腳踏兩個世界
不必爲死亡做準備
他知道將來要去
哪兒

不要緊，世間的名利
如浮雲

什麼？你豈不知能與神說話
是最愉快的事？

很好！
我是神的兒子

二〇〇一・六・九

替讀無冊e囝仔講好話

多謝恁將箠仔园落來
因為，這個囝仔
無罪

讀無冊，並嘸是代表
無前途

一茂早發e草仔
無一定將來道順利
阿嘸是講碰著早霜e秧仔
一定未大欉

譯 為讀不好書的孩子說好話

謝謝你們終於把棍子放下來
因爲，這個孩子
無罪

讀不好書，並不表示
沒前途

一欉早發的草
不一定將來就順利
也不是說遇到早霜的秧苗
就一定長不大

自人生e青春道路
跋倒，伊比別種囝仔
閣卡了解人生道是一場e
苦戰、歧視、侮辱

一個讀無冊e囝仔安怎值
無人e所在哭
你嘸知

伊責備家己憨慢

這嘸是伊e責任
咱攏了解這只是咱e教育
傷過頭強調
讀冊

你看！伊走靴呢緊跳靴呢懸
伊e歌聲響亮

在青春年少的路上
跌倒，他比別的孩子
更瞭解人生就是一場
奮戰、歧視、侮辱

一個讀不好書的孩子如何在
沒有人的角落裡哭
你不知道

他責備自己差勁

這不是他應負的責任
我們都了解這只是因爲我們的教育
太過強調
讀書

你瞧！他跑得那麼快跳得那麼高
他的歌聲響亮

伊將花園e花照顧加真白真紅
伊一個人扛會起一擔沙
伊將土腳掃加遮呢清氣
伊合別人遮呢合作
伊對老師遮有情
伊對爸母遮有孝

所以，多謝恁將箠仔囥落來
伊確實
無罪

二〇〇一・六・十

他把花園裡的花照顧得又白又紅
他獨個兒扛得起一擔子沙
他將地板掃得如此乾淨
他和別人這麼合作
他對老師這麼有情
他對父母這麼孝順

所以，謝謝你們把棍子放下
他確實
無罪

二〇〇一・六・九

替嘸結婚e查甫人講好話

你看，雖然我有歲，但是
猶真有行情

避免值結婚後身材變款
你看，我e青春期
加真長

無一定孤單，卻時時
接近存在e本質
我真簡單道會凍將家己打扮作
宇宙e孤兒

真好！我永遠合我意愛e人
維持一種距離之美

譯 為不結婚的男人說好話

你瞧，雖然我有些年紀，但是
仍很有行情

避免結婚之後身材走樣
你瞧，我的青春期
比別人長

不一定孤單，卻常常
接近存在的本質
我很容易就可以把自個兒打扮成
宇宙的孤兒

很好！我永遠和我的意中人
維持一種距離之美

唅人講一定要去婚紗攝影館翕相
彼種相片
真假仙

三更半暝轉來
無須要向另外一個人
做交代

免除半暝夜起來泡牛奶
予囝仔吃e痛苦

音樂卡好抑是另外一個人e雜唸卡好
哪道閣講

嘸免合太太轉去後頭厝

我真可能變做傑出e人才——

誰說一定要去婚紗攝影館照相
那種相片
多虛假

三更半夜回家
不必向另外一個人
做交代

免除深夜起來泡牛奶
給孩子喝的苦惱

音樂較好還是另外一個人的嘮叨比較好
何必再說

不必和老婆回娘家

我很可能變成傑出的人物——

達文西、梵谷、貝多芬、拜倫
攏是單身
猶有，你看耶穌單身、佛祖單身
孔子雖然娶某，但是看起來
嘛是若單身

二〇〇一・六・十八

達文西、梵谷、貝多芬、拜倫
都是單身貴族
還有，你看耶穌單身、佛祖單身
孔子雖然娶妻，但是事實上
也像是單身

二〇〇一・六・十八

向鬍鬚e人喝聲

最好莫〔mai3〕胡亂剃嘴鬚
有鬍鬚條件e台灣人
真少
應該要利用這項特點
認真留一把嘴鬚

一茂黑森森e嘴鬚
卡贏盡心栽培e
一欉盆栽
閣卡好e盆栽道未予你
增加啥麼尊嚴
但是長長e嘴鬚
予你看起來真有

譯 為滿臉鬍鬚的人贊言

最好不要剃掉鬍鬚
有大鬍子條件的台灣人
很少
應該把握這項特點
認眞留一把鬍鬚

一腮黑鬍鬚
勝於盡心栽培的
一盆盆栽
再好的盆栽都不能叫你
增加任何尊嚴
但是長長的鬍子
讓你看起來很有

福祿壽

一幅烏喙鬚e面
予你面肉加真白
好看勝過化妝過e
北京戲面譜
值烏白分明e面容中
予人感覺東方人e
神祕合斯文
你創造一種新美學
只是你無發現

何必驚人批評
毀並無惡意
何況有真濟女士可能真欣賞
有喙鬚e查甫人
只是伊嘸敢對你講

福祿壽

一幅鬍鬚的臉
使你的臉較白
模樣勝於化妝過的
京戲臉譜
在黑白分明的容顏中
讓人感受到東方人的
神祕和斯文
你已經創造一種美
只是你沒發現

何必怕別人批評
他們並沒有惡意
何況有許多的女士可能很欣賞
有鬍鬚的男人
只是不敢表白

千萬千萬嘸通閣用刀片、機器
剃嘴鬚
每一擺我看你將下頦剃加
受傷累累
我e心道真嘸甘
你嘸通閣替家己
揣麻煩

拜託、懇求你留一把高尚e嘴鬚
你看！這個社會攏是無鬚老大
未免傷過頭單一無聊
你要予社會多元化

來！咱來為鬍鬚e男士
拍曝〔phok8〕仔

二〇〇一・六・十九

千萬不要再用刀片、機器
剃鬍鬚
每一次我看你將下巴剃得
受傷累累
我的心就感惋惜
你用不著替自己
找麻煩

拜託、懇求你留一把高尚的鬍鬚
你瞧！這個社會盡是無鬍之人
未免太過單一無聊
你要給社會多元化

來吧！我們來爲大鬍子的男士
鼓掌

二〇〇一・六・十九

爲自卑e人講好話

恭喜你，這個世間
像你這款人已經
真少

比謙卑e人卡實在
謙卑e人有時是假e
自卑e人卻是
真正e謙卑

你是所有人e老師：
天生e心理學家
你是阿德勒博士e化身
心理學值你e掌中

譯

為自卑的人說好話

恭喜你，這個世間
像你這種人已經
很少

比謙卑的人實在
謙卑的人有時是虛假的
自卑的人卻是
眞正的謙卑

你是一切人的導師：
天生的心理學家
你是阿德勒博士的化身
心理學在你掌中

天生e哲學家：
你尚了解生存e真相
正正是一粒沙面對一個宇宙
一粒水泡〔phau7〕面對江洋大海

天生e宗教家：
你想卜消失值這個坎坷
e世間
轉去無所障礙
e天堂

所以你何必自卑
你只是嘸知家己e偉大

二〇〇一・六・十九

天生的哲學家：
你最了解存在的眞相
正是一粒沙面對一個宇宙
一粒水泡面對江洋大海

天生的宗教家：
你想要消失於這個坎坷
的世間
回去無所障礙
的天堂

所以你何必自卑
你只是不知道自己的偉大而已

二〇〇一・六・十九

替倒爿講好話

所以，咱要歡喜倒爿

若無倒爿，哪知正爿？
路e倒爿無一定比正爿歹行
天氣好e時，嘸管正爿倒爿，天頂一律
藍色
銀河e倒爿嘛是
光燦燦〔chhann3〕

倒蕾目珠e視力無一定比正蕾卡壞
咱倒爿e腦卡發達
自小漢我e倒腳道比正腳靈巧
你看！彼個倒手e投手將所有e正手
打擊者

譯 為左邊說好話

所以，我們要喜歡左邊

若無左邊，哪知右邊？
路的左邊不一定比右邊難行
天氣好時，不管右邊左邊，天空一律
藍色
銀河的左邊也是
光燦無比

左眼的視力不一定比右眼差
我們的左腦比較發達
從小我的左腳就比右腳靈巧
你瞧！那個左投手又把所有的右手
打擊者

三振出局

阿爸坐正爿，阿母坐倒爿
阿爸無一定道比阿母卡重要
嘸是講桌頂e正爿道一定會排卡好e菜色
一落向南e厝宅，倒爿e房間比正爿
地理卡好

戰場倒爿e陣營火力無一定卡弱
科學園區倒爿e公司科技無一定道落伍
地球e倒爿無一定比正爿散赤
我佩服資本主義社會裡e
左派人士

所以，咱要接納倒爿

二〇〇一・六・十八

三振出局

父親坐右邊，母親坐左邊
父親不一定比母親重要
不是說桌上的右邊一定會端上較好的菜
一棟朝南的房子，左邊的房間比右邊
位置更佳

戰場左邊的陣營的火力不一定較弱
科學園區左邊的公司科技不一定較落伍
地球的左半不一定比右半貧窮
我佩服資本主義社會裡的
左派人士

所以，我們要接納左邊

二〇〇一・六・十八

歌謠創作

入冬了後

入冬了後
對雨e記憶有卡薄
對風e感覺有卡厚
接受季節e款待
我知影我對某人e思念
已經淡薄仔
有改變

入冬了後
冊櫥仔內e冊小可仔
有變味
對一寡仔成功人物e自傳
嘸敢看
嘸是狂妄自大

譯

入冬之後

入冬之後
對雨的記憶薄了些
對風的感覺厚了些
接受季節的款待
我知道我對某人的思念
已經略爲
有改變

入冬之後
書櫥裡的書稍稍
變了味
對一些成功人物的自傳
不敢看
不是狂妄自大

是驚知影成功e人付出外呢濟
苦慘e代價

入冬了後
想卜知影故鄉情形e心
有卡強
我想卜問媽媽：
田呢e荷蘭豆花有開否？
一葩一葩粉紅e花是嘸是像妳少年時
美麗e面容？
阿現此時妳老去e目珠甘猶看會著
中央山脈彼抹
樹木e青青？

二〇〇二・一・三

是害怕知道成功的人要付出多大
慘痛的代價

入冬之後
想要瞭解故鄉近況的心
較強烈
我想問母親：
田裡的豌豆花是否開了？
一簇簇粉紅的花是否像妳年輕時
美麗的容顏？
而現在妳已老去的眼睛是否還能看到
中央山脈那一抹
樹木的青青？

二〇〇二・一・三

來去集集

流失e歲月難挽
白髮可驚
不如放棄千思萬想
行入忘世山中
順著彎斡e坡路
鑽入綠色隧道
你來夠集集e小山城

鋼骨e城市難匿
風塵堪悲
不如收拾千腳萬步
遁入白雲藍天
坐上輕可火車
經過磅空溪橋

譯 來去集集

消逝的歲月難再
白髮驚心
不如放棄千思萬想
走入忘世山中
順著彎曲的坡路
穿過綠色隧道
你抵達集集的小山城

鋼骨的城市難居
風塵堪悲
不如收拾千腳萬步
遁入白雲藍天
坐上輕巧火車
經過山洞溪橋

你來夠集集e小山城

冬風無外寒
日頭鍍金
猶會凍看著青青e綠樹中
懷抱一、二間殖民時代
日本e小宿舍

嘸通未記，值薰烏e月台邊
你需要行落向日葵田剪一枝
黃色e小太陽

二〇〇二・一・四

你來到集集的小山城

冬風不冷
陽光金黃
還可看見鮮嫩的綠樹
懷抱一、二間殖民時代
日本的小宿舍

不要忘記，在薰黑的月台邊
你需要走進向日葵園剪一枝
黃色的小太陽

二〇〇二・一・四

一瓣雁來紅

水邊一欉六角花
相八e時，我有講妳穗
紫藍e花色
親像妳靈巧神祕e黑目珠
如今，我拈一瓣六角花
想卜風中寄予妳
一來報平安
二來長相思
三來願妳過著好日子

山腳一欉蝴蝶蘭
深情e時，我有講愛妳
熱紅e花色
親像妳意亂情迷e面容

譯 一瓣雁來紅

水湄一株桔梗花
相識時，我曾說妳美
紫藍的花色
彷彿妳靈巧神祕的黑眼睛
如今，我拈一瓣桔梗花
想要風中寄給妳
一者報平安
二者長相思
三者願妳過著好日子

山下一棵蝴蝶蘭
深情時，我曾說愛妳
熱紅的花色
彷彿妳意亂情迷的容顏

如今，我拈一瓣蝴蝶蘭
想卜風中寄予妳
一來報平安
二來長相思
三來願妳過著好日子

厝前一欉三色雁來紅
分離e時，我有提婚姻
紫紅白e花色
親像你閃熠不定e言語
如今，我猶原拈一瓣雁來紅
想卜風中寄予妳
一來報平安
二來長相思
三來願妳過著好日子

二〇〇二．一．五

如今，我拈一瓣蝴蝶蘭
想要風中寄給妳
一者報平安
二者長相思
三者願妳過著好日子

門前一叢三色雁來紅
分離時，我曾提婚姻
紫紅白的花色
彷彿你閃爍不定的言語
如今，我仍拈一瓣雁來紅
想要風中寄給妳
一者報平安
二者長相思
三者願妳過著好日子

二〇〇二．一．五

冊尾謝詞

向聽我唸母語詩e人說多謝！

先向恁說多謝！
多謝！
今仔日，恁予我有這個機會
用咱媽媽e話唸詩
真多謝！

當然，我知影這是一件予咱
嘸敢相信e代誌
用媽媽e話也會凍唸詩？
咱從來嘛嘸八想過
阿學校e老師嘛
無教

譯

向聽我唸母語詩的人致謝！

先向你們說：謝謝！
謝謝！
今天，你們給我這個機會
用我們的媽媽的話唸詩
很感謝！

當然，我知道這是一件讓我們
不敢相信的事
使用媽媽的語言也能誦詩？
我們從來都不曾想過
學校的老師也
不曾教過

嘸過，這陣聽我唸
猶未傷慢

恁會使隊〔tue3〕我唸
嘸免歹勢
假使驚人笑
請先細聲唸
慢慢放大聲
最後親像我
遮大聲

恁嘸免驚
因為咱卜唸出真正
咱e聲

你順著我這句長長e詩句唸，就會
看著黑色海潮金色稻穗

不過，現在聽我唸
仍然來得及

你們可以跟著我唸
不用害臊
假如怕別人取笑
請先小聲地唸
漸漸放大聲音
最後就像我
這麼大聲

你們不用怕
因爲我們要唸出眞正
我們的聲音

你依循著我這句長長的句子唸，就會
看到黑色海潮金色稻穗

青色山脈白色玉山綠色島嶼，你道會轉來
咱e故鄉

確實，因為你按呢唸，你已經
轉來故鄉

二〇〇二・一・七

青色山脈白色玉山綠色島嶼，你就會回到
我們的故鄉

的確，因爲你這麼唸，你已經
回到故鄉

二〇〇二・一・七

文·學·叢·書

劃撥帳號：190 00691　成陽出版股份有限公司　掛號另加20元
本書目所列定價如與版權頁有異，以各書版權頁定價為準

1.	吹薩克斯風的革命者	楊　照著	260元
2.	魔術時刻	蘇偉貞著	220元
3.	尋找上海	王安憶著	220元
4.	蟬	林懷民著	220元
5.	鳥人一族	張國立著	200元
6.	蘑菇七種	張　煒著	240元
7.	鞍與筆的影子	張承志著	280元
8.	悠悠家園	韓·黃晢暎著／陳寧寧譯	450元
9.	想我眷村的兄弟們	朱天心著	220元
10.	古都	朱天心著	240元
11.	藤纏樹	藍博洲著	460元
12.	龔鵬程四十自述	龔鵬程著	300元
13.	魚和牠的自行車	陳丹燕著	220元
14.	椿哥	平　路著	150元
15.	何日君再來	平　路著	240元
16.	唐諾推理小說導讀選 I	唐　諾著	240元
17.	唐諾推理小說導讀選 II	唐　諾著	260元
18.	我的N種生活	葛紅兵著	240元
19.	普世戀歌	宋澤萊著	260元

作　　者　宋澤萊
發 行 人　張書銘
社　　長　初安民

責任編輯　黃筱威
美術編輯　張薰方
校　　對　黃筱威　宋澤萊
出　　版　INK印刻出版有限公司
台北縣中和市中正路800號13樓之3
電話：02-22281626
傳真：02-22281598
e-mail：ink.book@msa.hinet.net
法律顧問　現代法律事務所
郭惠吉律師　林春金律師

總 經 銷　成陽出版股份有限公司
訂購電話：02-26688242
訂購傳真：02-26688743
郵政劃撥　19000691　成陽出版股份有限公司
印　　刷　海王印刷事業股份有限公司

出版日期　2002年9月　初版一刷
2002年9月　初版二刷
定　　價　260元

ISBN 986-80425-8-5

Published by INK Publishing Co., Ltd.

國家圖書館出版品預行編目資料

普世戀歌／宋澤萊作.--初版，
--臺北縣中和市：
INK印刻，2002〔民91〕
面；　公分
ISBN　986-80425-8-5（平裝）

851.486　　　　91013184

INK